勝負

殿さま商売人4

沖田　正午

時代小説

二見時代小説文庫

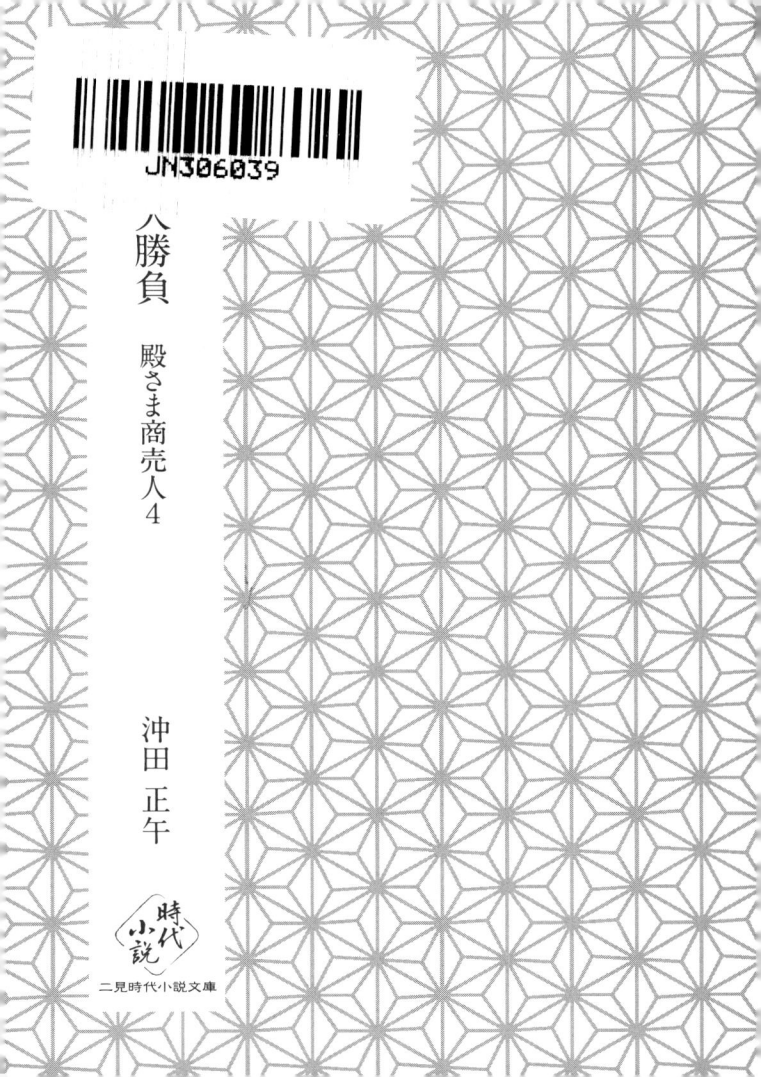

目次

悲願の大勝負——殿さま商売人4

第一章　騙《だま》しの手口

一

源森川《げんもりがわ》は、吾妻橋《あづまばし》から二町ほど上流のところで隅田川《すみだがわ》と分流する。北側を水戸徳川《みととくがわ》家の下屋敷、南側を福井松平越前守《ふくいまつだいらえちぜんのかみ》の下屋敷に挟まれて流れる水路は、隅田川から五町ほど入りさらに大横川《おおよこがわ》に分かれる。

大横川は真南に下り、やがては深川《ふかがわ》から江戸湾へと注《そそ》ぐ運河である。分岐から一町も行かずに架かる橋が、業平橋《なりひらばし》である。本所《ほんじょ》と押上《おしあげ》村を結んでいる。その業平橋から、さらに一町ほど南に行った本所岸沿いに、下野《しもつけ》国鳥山《とりやま》藩三万石小《こ》久保《くぼ》家の下屋敷がある。

小久保家の財の源《みなもと》でもある『とろろごぜん屋』事業は、ここを本拠として運営されている。

文政《ぶんせい》十三年は、神無月《かんなづき》の初旬。

秋はめっきりと深くなり、艶やかな色に染まった樹木の葉が、ちらほらと枯葉となって落ちる季節であった。

その日の朝早く、大横川の西側の土手《どて》に数人立っているのに気づいたのは、小久保家下屋敷詰めの家臣大原吉之助《おおはらきちのすけ》であった。

押上村にある鶏卵生産の養鶏場に向かおうとしていたところ、吉之助は業平橋に向かわず、反対方向の人だかりを目指した。

「何かあったのか？」

二町も行った堤《つつみ》で、六尺の寄棒《よりぼう》を手にした捕り方が七人、土手の下を眺めている。

土盛りではあるが、土手はきれいに護岸されている。その川面の近い岸辺に、さらに数人の人影があった。

小袖に黒の羽織を纏《まと》い、十手《じって》を川に向けているのは本所《ほんじょ》見廻り方同心であろうか。

その足元に、一畳の莚《むしろ》が敷いてある。

「どうかしたのか？」

堤の上から川岸にいる同心を見やりながら、吉之助が捕り方の一人に問うた。

「土左衛門《どざえもん》が揚《あ》がりまして……」

武士の形《なり》の吉之助に、捕り方は丁重なもの言いで答えた。

「土左衛門だって？」

言われて吉之助は、莚のほうに目を向けた。よく見ると筵から、脛《すね》から先の真っ白な足が二本出ている。遺体が引き揚げられたばかりの様子であった。

土手の下から同心が、十手を振りながら堤にいる捕り方たちに何か言っている。

「下《お》りてこいだとよ」

同心の言葉に気づいた捕り方たちが、吉之助にはかまわず七人そろって急勾配の土手を下りていった。そのうちの二人が戸板をもっている。

やがて土左衛門が戸板に乗せられ、堤へと上がってきた。

いやな場面に出くわしたと思いながらも、吉之助は野次馬気分でその先を見届けることにした。

戸板が堤に下ろされる。

同心が、被《かぶ》されている莚を剝《は》いだ。

周りを囲む捕り方たちが、一様に顔を歪めている。中には、その惨《むご》たらしさに顔をそむける者もあった。

「いやがってねえで、よく見ろい」

四十歳にもなろう面長《おもなが》の同心が、遺体を見て怖《お》じける捕り方たちを叱咤した。

その声につられ、吉之助もそむけていた目を遺体のほうに向ける。

着ている小袖ははだけ、水でふやけて真っ白になった体がパンパンに膨らんでいる。

とくに腹のあたりが太鼓のように膨らみ、今にも破裂しそうな様相であった。

「外傷《きず》はねえが、死んで三日ぐれえ経つな」

十手の先で遺体をまさぐりながら、同心が言った。

――さすが本所方の役人だな。物怖《ものお》じというのがない。

吉之助が感心したそこへ、

「そこにいる、お侍さん……」

同心の声が、吉之助の耳に入った。

「拙者か？」

吉之助のほかに、野次馬は一人もいない。

「ええ……」

「なんであるか？」

武士の威厳を見せて、吉之助が問うた。

「この仏さんに、覚えはありませんかね？」

「いや、ないな」

あまり見たくない代物《しろもの》である。遺体に目を向けず、吉之助は即座に答えた。

「よく、ご覧になってくれませんかね」

土左衛門ごときに怖じけていては武士の名折れだと、いやいやながらも凝視《ぎようし》した。

着ているものは、上等な絹織の紬《つむぎ》である。下に薄手の襦袢《じばん》を着込み、形《なり》は商人のようである。

顔はふやけ、元の人相がまったく分からない。水に三日も浸かるとこのようになるのかと、吉之助は初めて知った。

「いや。やはり、分からんな」

吉之助は首を振って答えた。

顔に特徴があるとすれば、右の顎《あご》に黒子《ほくろ》が一つついている。それには吉之助も覚えがなかった。

「そうですかい……」

遺体からは身元がまったくつかめないようだ。同心の困惑した表情であった。

今しがたまで遺体をまさぐっていた十手の先で、自分の頬を叩きながら同心が考えている。それが、同心の癖のようだ。

そこへ、川岸を探索していた捕り方の一人が、急ぎ土手を駆け上がってきた。

「梶原《かじわら》さま……」

本所方同心の姓は、梶原といった。

「どうした？」

「こんなものが、あそこに落ちてました」

遺体が引き揚げられた場所から、一町ほど上流の川岸を指差して捕り方が言った。

それは縦縞の模様が入った、海老茶《えびちゃ》色の紙入れであった。

梶原が、二つ折りになった紙入れを開け、中をのぞいた。

「二両と小銭が入っている。仏《ほとけ》さんのものらしいな……ん？」

梶原が、金銭とは別に入った四つ折りにされた紙片を取り出した。書かれた文字を、梶原が声を出して読む。

「なんだと？『してやられた　もうだめだ』ってだけ書かれてあるな」

そこには、他に身元や遺言などを明かすものは何も書かれていない。遺書だとすればなんとも不可思議なものだと、傍《そば》で聞いていて大原は思った。

「金も残っていることだし、もの盗りの仕業《しわざ》じゃねえな。やっぱり自害か」

殺しではないと、梶原は決めつけた。

「紙入れが落ちていたあたりから川に飛び込んで、一町も流れてこの下の杭《くい》に引っかかっていたんだろう」

梶原の説には、誰しも得心できたし想像できるところだ。捕り方たちと一緒に、吉之助もうなずいた。

「そうなると、仏さんはどうなるのだ？」

どうでもよいことだと思いながらも、吉之助が問うた。

「三日も捜して引き取り手がなけりゃ、無縁仏を祀《まつ》る寺に埋めるより仕方ありませんね」

「それまで、こんな腐乱した遺体をどこに置いておくのだ？」

さらに吉之助が問うた。

「困りましたねえ。なんなら、おたくさんで引き取ってもらえますかい？」

「とんでもない」

真顔で言う梶原の言葉に、吉之助は大きく首を振った。これ以上ここにいては、遺体の引き取り手にでもさせられかねない。

吉之助がその現場にいたのは、それまでであった。そそくさと大横川の堤を引き返すと業平橋を渡り、押上村へと向かった。

小久保家下屋敷の近くでそんなことがあってから、十日ほどが過ぎた。

吉之助はいっときその話を下屋敷でしたが、誰もさほど関心を示す者はいなかった。

実際に現場に立ち会った吉之助でさえその後気に止めることはなく、いつしかそのことは頭の中から消え去っていった。

二

季節はさらに寒さを増し、そろそろ木枯らしが吹きはじめるころとなった。

酒が、五臓六腑に染み渡る季節だ。

「……絶対に、領民を飢えさせてはならねえ」

茶碗に注いだ酒を、ぐいっと呷《あお》って下野国鳥山藩主小久保忠介《ただすけ》がべらんめえ調で呟《つぶや》いた。

ここは浅草広小路《あさくさひろこうじ》から、路地を少し入った場末の居酒屋。藩主となる前から、忠介が気に入る店であった。

屋号などない。

　ここに来れば気持ちが落ち着くと、物ごとを考えたいときには、忠介は一人忍び、遊び人風情《ふぜい》の身形《みなり》となって縄暖簾《なわのれん》を潜《くぐ》る。

　卓もなければ、座敷もない。板場を挟んで一枚板のつけ台があるだけだ。樽が五個逆さまになって置かれ、客はそこに座って酒を酌む。

　一番奥が、忠介のお気に入りの場所であった。

　つけ台と樽の高さがちょうどよい。台に肘《ひじ》を載せ、手の甲を顎の枕にして考える様は、傍目《はため》から見て到底《とうてい》三万石を預かる大名とは思えない図だ。

　身形は遊び人でも、頭の中は一国の藩主である。

　天変地異から国元を護り、家臣や領民を潤わせるのが藩主としての務めである。酒を味方にして、忠介はそのことばかりを考えていた。

　金平牛蒡《きんぴらごぼう》が、酒のあてである。

「おれが藩主でいるうちに、必ず成し遂げてやる」

　歯ごたえのよい牛蒡を嚙みしめながら、忠介は独りごちた。

　近ごろ下野国鳥山藩主小久保忠介が、よく口にする言葉である。しかし、口では意気込んでいるものの、忠介の悲願はなかなか達成に至らない。

　忠介の悲願とは、どんな嵐が襲ってきても屈しないという、国元を流れる鬼怒川《きぬがわ》と那珂川《なかがわ》に強靱な土手を造ることにあった。

夏から秋にかけて、鳥山の領地は雨季に入る。毎日のように起きる雷雨が川の水嵩《みずかさ》を増す。そこに、追い討ちをかけるのが野分《のわき》の襲来である。

忠介が藩主になってすぐに野分が襲い、領内に水害をもたらせた。その惨状に遭遇し、忠介の藩主としての進むべき方向が決まった。

幸いにもその後は決壊を防げてはいたが、来年どうなるかは分からない。毎年毎年そんな心配事から解放されたいのが、家臣領民こぞっての悲願であった。

鳥山は、肥沃な土地である。米と麦の二毛作が叶《かな》い、今や大和芋は当地の名産でもあった。その栽培に至るまでには、領民挙げての並々ならぬ苦労があった。

数年に一度は必ず起こる川の決壊さえなければ、鳥山藩が長年憂いている悩みは一気に解消されるのだ。

成就に必要なのは、大枚《たいまい》の資金である。その捻出に、小久保忠介は頭を悩ませていた。

両方の川をいっぺんに修繕するには、一万五千両が必要と積算されている。そこに費やすことのできる今ある金は、どう数えても五千両しかない。

「……どうしても、一万両が足りねえ」

すでにおこなっている『とろろごぜん』事業は、頭打ちの状態であった。この先、大きな利益は見込めない。

いっときは羽振りよく利益が出せた。だが、そこにはいろいろな難事が降りかかり、せっかく出した儲けをさらっていった。今では損益が出ないよう、かろうじての運営を余儀なくされているのが現状である。

「早いところ、とろろごぜんに替わる新しい事業を立ち上げなければ……」

焦りは禁物といえど、焦らざるを得ない忠介の心境であった。

本来ならば今ごろから工事に取りかかり、来年の夏までには修復工事を終わらせたいところである。

足りない一万両を、借財で賄《まかな》おうかとも考えた。だが、これ以上の借金はさらに藩の財政を圧迫させ、本末転倒ともなりかねない。

自力で乗り切ってこそ、価値あるものとの信念がある。忠介は、借財には乗り気にならなかった。今ある五千両を元手にして、一万五千両の捻出に頭を絞る。

以前もこの居酒屋で、同じことを考えていた。

ここに来るたび一万両が頭の中によぎるのは、万次郎《まんじろう》という居酒屋の主の名が関わるのかもしれない。

忠介が、三杯目の茶碗酒を呷《あお》ったところであった。

「なんだか外が騒がしいな」

万次郎の声が耳に入り、忠介は戸口のほうに目を向けた。しかし、そこからは外が見えない。

考えごとに耽《ふけ》っていた忠介には、気づかなかった騒ぎであった。

気を外に向けると、怒鳴り声が聞こえてきた。

「どうやら喧嘩みてえだな」

遊び人同士の喧嘩なら放っておいてやれと、忠介は意にも介さず、酒の入った茶碗の縁を口にあてた。

「いや、喧嘩じゃねえようだ」

喧嘩ならば、双方の怒鳴り声が聞こえてくるはずだ。よく聞くと、片方は謝っている。

「——ご勘弁くださいませ」

「いいや。どんなに謝ったとて、到底許すことはできん」

はっきり忠介の耳は、侍が町人をいたぶる言葉をとらえた。

「そこに、直れ！」

怒号が店の中までも轟《とどろ》く。武士が本気で、町人一人を殺《あや》めようとしている気迫が伝わってきた。

「いけねえな、こいつは……」

皺顔《しわがお》を歪めて、万次郎が言った。

「店の前で殺しがあっちゃあ、今後客が寄りつかなくならあ」

万次郎の言葉を聞いて、忠介はふと苦笑いを漏らした。

――今後も今もねえだろ。

小さな店とはいえ、忠介はここではあまり客の顔を見たことがない。よく店を畳まずにやっていけるなと、不思議な思いがいつもあった。

そんなことはどうでもよい。町人一人が殺されようとしているのだ。

「あっしが止めてきてやる」

手に柳刃包丁をもち、万次郎が板場を出ようとする。

「ちょっと待ちねえ、おやっさん」

ここは出番かと、忠介が立ち上がった。

戸口から顔を出し、外を見やる。すると、道の中ほどに四人の人影があった。

すでに、宵《よい》の五ツになろうかとしている。一日が終わり、八百八町の住人が寝静まるころ合いである。周りに野次馬といえる者は、誰もいない。

今宵は、神無月の十三夜。

ほぼまん丸となった月の明かりが、地上を照らす。もの陰に入らなければ、他人《ひと》の面相もうっすらと判別できる明るさがある。

抗《あらが》いもしない町人一人を、三人の侍が取り囲み、段平《だんびら》の切っ先を天に向けている。

男は商人のようだ。絹織の、上等な羽織に月の明かりが光って見える。

土下座《どげざ》をし、地べたに頭を伏せている。

首をすくめているのは、斬り落とされないよう、せめてもの防御に見える。顔を伏せているので、商人の面相はとらえられない。

三人の侍は袈裟懸《けさが》けに構えているものの、打って出ようとはしない。背中から斬りつけるなど、武士として名折れだとでも思っているのだろうか。

「……三人でもって一人の町人をいたぶるなんて、それこそ卑怯ってもんだ。武士の風上にもおけねえ」

縄暖簾を分け、しばらく様子を見ていた忠介が呟いた。出ていく機会をうかがっている。

侍たちをよく見ると、みな三十歳前に見えて若い。かなり、酔っぱらっているようだ。さもなければ、若いとはいえこんな分別のないことはしないはずだ。

なぜ、このような事態になったのか、忠介には分からない。

「無礼者め……」

その答が、一人の侍の口から出ようとしている。

「拙者を田舎侍と思って、嘲《あざ》け笑いやがっただべさ」

どうやら他愛もないことが発端のようだ。

だが、怒りは本気だ。いつまでもこのままにしておけないと、忠介は仲裁に乗り出すことにした。

「ちょっと、待っておくんなせえ。お侍さん方……」

店から三歩も出たところで、忠介は声をかけた。

「なんだ、おまえは？」

侍三人の顔が、そろって忠介に向いた。

忠介の手に得物《えもの》はない。丸腰で、三人の侍と対峙《たいじ》した。

「ちょっとここの店で、酒を呑んでたもんでして……」

相手の逆鱗《げきりん》に触れないよう、忠介の穏やかなもの言いであった。

「旦那さんは、土下座をしてまで謝ってるんだ。もうそのへんで、許してやっちゃくれやせんかねえ」

「いや、勘弁ならん」

忠介には、どこの家中《かちゅう》の者たちか分からない。

「どちらのご家中のお侍さまで……？」

「どこだっていいだろ。町人ごときが、でしゃばるんじゃやねえ」

答えるのは、一人である。それが上輩のようでもあった。

「なんなら、おまえが相手になるってか？」

三人の殺気は、忠介に向いた。

刀を正眼《せいがん》に置いて、刃を忠介に向ける。その切っ先が、小刻みに震えているのが見えた。

――これならば……。

忠介は、素手《すで》で相手と対峙《たいじ》する武芸『正道拳弛念流《せいどうけんしねんりゅう》』の遣《つか》い手である。相手の構えで実力のほどを、寸時に見て取った。

「しょうがねえな、相手になるか」

忠介は腰をいく分落とすと半身《はんみ》になり、正拳をつき出す構えを取った。そして、体を軽く前後に動かしながら、相手を挑発する。

「どっからでも、かかってきな」

遊び人風情に舐《な》められては、武士としての体裁《ていさい》が保てない。侍たちの怒りは、商人から忠介に向いた。

すでに商人は逃げ去ったか、この場から姿を消している。

忠介は張り合いのなさを感じたが、こういう経緯になったからには仕方がない。相手が刀を引かない限り、やり合う以外に対処が見つからなかった。

三

忠介の気迫が通じているのか。

素手だというのに、相手から打ち込んでくる気配がない。

「どうする。このまま朝まで、こんな格好でいるんかい？」

正道拳弛念流は、相手の動きを見限り攻撃を仕掛ける流派である。とくに、刀や匕《あい》首《くち》などの得物をもつ場合はそうである。

相手が出てこない限り、忠介も動きようがないのだ。しかし、引き下がるわけにもいかない。この場を早く収めようと、忠介は相手の怒りを増幅させる手段に出ることにした。

「まったくだらしねえ侍たちだな。丸腰の町人一人相手に震えていやがら」

武士にとっては耐えられない、辛辣《しんらつ》な言葉を投げて挑発した。

「なんだとー！」

怒り心頭《しんとう》に発しているのが、三人の顔色の変化を見て分かる。

――思ったとおり、逆鱗《げきりん》に触れたな。

ニヤリと忠介が不敵に笑う。それが、さらに相手の怒りを増幅させた。

「いやぁー」

背後に回った侍が気合一刀、忠介の背中をめがけて斬り込んできた。

気合が耳に入った忠介が、咄嗟《とっさ》に振り向く。

相手の物打《ものうち》は、振り下ろされている。

そのままでは、眉間を真っ二つに割られる。

忠介は咄嗟に頭を三寸引くと、目の前を切っ先が通り過ぎていった。

空振る相手の刀は勢い余り、切っ先が地面を叩いた。

体勢を正した忠介は、すかさず斬り込んできた侍の脇腹を拳《こぶし》でぶち抜いた。

グズッとした、柔らかな手ごたえがあった。

肝の臓が潰れたような不快な感触に、忠介は一瞬顔を歪めた。

刀を地面に落として、侍一人がうずくまる。脇腹を押さえて、刀は放り出されたままであった。

忠介は落ちた刀を拾うと、それを得物に残る二人と対峙した。

「かかってくるかい？」

素手ではなく、真剣を相手に向けて忠介が言った。

物打の刃はこぼれ、造りの粗《あら》い刀であったが、人を傷つけることぐらいはできる。

切っ先を向けただけで、相手は怖じた。

「おい、行くぞ」

これまで忠介に向いていた二人の侍の気が、地面にうずくまっている仲間に向いた。しばらくは、腹に疼《うず》きが残るであろう。それだけの力加減で、忠介は拳を突き出したのである。

二人で一人の両脇を抱え、逃げるように去っていく。

「ほれ、忘れものだ。もっていきな」

忠介は、暗がりとなった先に、手にする刀を投げつけた。

呑み直しだとばかり忠介は居酒屋に入ると、一番奥の元の樽に座り直した。

酒と肴は、そのままにしてある。そこにドンと音を立て、居酒屋の主万次郎が、二合徳利ごとつけ台の上に置いた。

「こいつは、あっしの奢《おご》りだ」

五十歳も半ばになろうか、皺《しわ》顔をさらに皺深くさせて、万次郎が言った。

用もない限り、客に声をかけようとはしない。万次郎は無口な親爺である。それが分かっているからこそ、忠介は馴染みにしているのである。客が少ないのも、考えごとをするには都合がよい。

この夜は、万次郎奢りの二合の酒を片づけてから、三味線堀《しゃみせんぼり》近くの上屋敷に戻るつもりであった。

茶碗に酒をなみなみと注いで、口を迎えにやろうとしたところで、万次郎の声が聞こえてきた。

「いらっしゃい……」

客が来たようだが、忠介は酒のほうに気持ちを向けていた。

隣の樽に客が座った気配で、忠介は顔を横に向けた。

忠介より二つ三つ年長か、四十歳をいくらか前にした男であった。その恰幅《かっぷく》のよさからして、裕福な商人のように見えた。

顔に笑みを含めて、忠介を見やっている。

忠介には覚えがなかったが、男のほうはよく知っているようだ。

「先ほどはどうも……」

男の口から、礼のような言葉が出た。

「えっ？」

着ているものに、忠介の目が向いた。

絹織の、上等な羽織と小袖を着込んでいる。むしろ、そのほうを忠介としては覚えている。今しがた、月明かりのもとで見たからだ。

「おかげさまで、助かりました」

七福神の、大黒《だいこく》様のような福よかな顔が印象として忠介の頭の中に残った。眉と目尻が垂れて、いつも笑っているように見える人懐こそうな面相である。

「それにしても、恐ろしかった。抜き身の刀を三本もつきつけられては……心の臓が止まりそうになりましたよ」

侍たちから脅されていたときの心境を口にする。

口では恐怖を語りながらも、表情は笑顔である。普段の顔からして、そのようであった。

──なるほど、これか。

男の面相を見て、忠介は得心をしたことがある。

『──拙者を田舎侍と思って、嘲け笑いやがっただべさ』

侍が言っていたことを思い出した。

他人から好かれそうな顔も、ときとして災いをもたらすものだと忠介は一つ学んだ思いであった。

「まずは、一献……」

満面に笑みを湛《たた》え、男が徳利の口を差し出してきた。

空の茶碗に酒を注がれ、忠介は遠慮する仕草もなく受け取った。

「手前、福松屋《ふくまつや》の主《あるじ》で名を富三郎《とみさぶろう》と申します」

名からして、縁起のよさそうな響きがある。言葉も、年下と見られる相手に向けて、如才ない丁寧なもの言いであった。

──これぞ商人だな。

忠介は、富三郎といった男の面相とは別に、そのへりくだった態度にも好感をもった。

　福松屋という屋号に、忠介は心当たりがない。しかし、この主の態度や押し出しなどからして、かなりの大店《おおだな》であろうと想像できる。

　商売人の立場としては、どのような商いか気になるところだ。

「ところで、おたくさまの名は……？」

　そんな思いでいるところで富三郎から問われ、忠介は答に窮した。このまま遊び人のままでいようか、商売人の名を語ろうかと。むろん、大名であることはひた隠しにする。

　遊び人の名で名乗れば、富三郎との関わりはそれまでとなろう。

　忠介は、男の福よかな面相に関心を抱いている。商売人の名を語ることにした。

「手前、鳥山屋の主で……」

「えっ？」

　富三郎が怪訝そうに、話を遮《さえぎ》った。真顔であるのだろうが、その表情は笑っている。

「鳥山屋といいますと、あの名が知れた『とろろごぜん』でございますか？」

「知っておられましたので？」

「江戸の者なら誰でも知っておりますよ。へえ、鳥山屋さんのご主人でございましたか。それはそれは、気がつかないで失礼をいたしました」

そう言われれば悪い気はしない。忠介は、自分の鼻がいく分伸びたような心もちとなった。

「商人ですのに、ずいぶんと喧嘩がお強いのですな」

富三郎は逃げたのではなく、もの陰に隠れていたのだ。

話が侍たちと相対したことに触れると、忠介は答に間を取った。なんと話をしようかと、考えたからだ。そして、答を見い出す。

「これは家訓でして。商人というものは金をもって歩くことが多い。いつ暴漢から襲われぬとも限らないと、子供のころから鍛えさせられまして」

「それで、素手でということですな。いや、大した技を見せていただきました」

格闘についての話は、そこまでであった。話が商いのことに戻る。

「それにしても、とろろごぜん屋とは大した商いを思いついたものです」

言葉が感心しきりである。

これでもかと、忠介の琴線《きんせん》を刺激してきた。顔には笑みを帯びているので、なおさら忠介の心をくすぐる。

「たいしたことは、ないですな。どうも、商いが頭打ちでして……」

本音を言うも、相手はそうは取らない。

「なんとご謙遜を。他人さまの財力を借りるあの商いのやり方は、未来永劫、きっと後世まで受け継がれていかれましょうぞ」

「さようでしょうかねえ……」

そこまで言われては、忠介としてもこそばゆい。照れくささを隠すため、富三郎に酌を返した。

「ところで、大店の主だというのにその形《なり》は？　しかも、こんな汚い小さな場末の店で……」

話が聞こえたか、万次郎の鋭い眼差しが富三郎に向いた。

「夜中に商人の格好でぶらついてたら、物騒で堪りませんからね。あなたさんのような、いかにも金をもっていそうな形《なり》では、いつ無頼から狙われぬともかぎりません」

「なるほど。そこにもってきて、あの腕っ節の強さってことですか。手前も気をつけなくてはならんですな」

富三郎が大きくうなずいて見せた。

「それと、この店に来るとどうも落ち着くのですな。物ごとを考えるには、手前にとってちょうどいい。客が少ないのも、ありがたいところです」

「さすが、鳥山屋さんのご主人。頭の中は、いつも商いのことなのですな」

「それぱかりではありませんが、いろいろと新しいことをやっていかないと、世の中から取り残されていく気がしまして、焦りばかりが先に立つ……」

「ほう、新しいこと。それで、何かよい案でも浮かびましたかな？」

「それが、なかなか……」

ふーっと一つため息を吐《つ》いて、忠介は酒を呷った。

「儲け話なんて、そうそう転がってはおりませんからな。ですが……」

「ですがとは……？」

忠介の問い返しに、富三郎の目の奥に一瞬キラリと光るものが宿った。横に座る忠介は、それに気づくはずもない。

「何か、面白そうな話でもあるのですか？」

忠介の、さらなる問いに富三郎が大きくうなずく。そして、言う。

「よろしければ、河岸《かし》を替えませんか？」

これからの話に万次郎の耳が邪魔だと、そんな素振りであった。

「鳥山屋のご主人でしたらちょうどよい。とっておきの話が……」

富三郎が体を半身寄せて、呟くほどの小声で言った。

　忠介も、新しい事業の案を模索していたところである。商いの話ならばと、聴く耳が立った。しかし、まだ肝心な福松屋の商いを聞いてない。それいかんによって、居酒屋を出るかどうかを決めることにした。

「福松屋さんは何を……？」

　商っているかとの問いに、富三郎の柔和な顔が向いた。

「ここではなんです。つき合っていただけたら、そちらで話しましょう」

　話の中身がなんであるか分からないものの、忠介は聞いておいても損がないと、富三郎の誘いに乗ることにした。

「鳥山屋さんにとって、よいお話かと……」

　言いながら、富三郎の顔が忠介に向いた。

　真顔なのか、笑っているのかの区別が難しい。なんとも不思議な思いにとらわれる、忠介であった。

四

　富三郎が忠介を案内して向かったのは、浅草茶屋《ちゃや》町にある料亭であった。

表の看板には『料亭　花月《はなづき》』と書かれてある。

雷門《かみなりもん》の向かいの道を少し入った、高級そうな趣《おもむき》の料理屋である。戸口には紫の暖簾がかかり、建屋の意匠も小洒落《こじゃれ》ている。

忠介が初めて入る店であった。

宵五ツを報せる鐘が鳴っても、その料亭はまだ客を受け入れていた。

「いらっしゃいませ」

客を迎える式台に正座をし、両手をついて五十歳前であろう女将《おかみ》が出迎える。

「すまないな、女将。遅くなって」

口調からして、富三郎はかなり馴染み客のようだ。

「お待ちしておりました。さあ、お上がりになってくださいませ」

どうやら富三郎は、花月に部屋を取っていたようだ。一人で来るような店ではない。

その手回しのよさに、忠介はいく分首を捻《ひね》る思いであった。

女将に案内され、廊下を伝わる。建屋の一番奥まで行って、女将は足を止めた。部屋の柱には『孔雀《くじゃく》の間』と書かれた札がかかっている。女将は、くすんだ青をした翡《ひ》翠《すい》色の襖《ふすま》を開けた。そこにはすでに、二人分の席が用意されていた。

料理の載った膳と酒が運ばれ、まずは呑み直しとなった。

銚子で互いに酌をし合い、まずは杯を交した。

「手前の店は浅草からは遠いのですが、客がこの近くにいましてね、この料亭はよく使うのですよ」

世情や道楽など、他愛のない話で酒が進む。

「忠介さんはどちらにお住まいで……？」

すでに名を教えてある。二本目の銚子が空いたところであった。

「ところで、そろそろ教えていただけませんかな」

富三郎が身元のことに触れてきたのを忠介はかわし、話の先を本題に向けた。

「そうそう、手前の商いでしたな」

言って富三郎は、ゴクリと喉を鳴らして酒を呷った。

上を向いた富三郎の顔が、忠介に戻る。

笑みが絶えぬ人懐こい面相であるが、正面に座ると意外に眼光が鋭い。忠介は、居住まいを正して富三郎の顔を見やった。

「これから話すことは内密なことでして……」

富三郎が体を前にせり出して、小声となった。

「誰にも言わないと、お約束してくれますかな？」

顔は笑うが、人を射抜くような眼差しは厳しい。その様相の隔たりに、むしろ凄みを感じた忠介は、ぶるっと一震えすると、背筋に冷たいものが走った。

それは、恐れからくるものでなく、むしろこれから聞く話に期待を抱いたことにある。武者震いに似た感覚であった。

「内密とあらば、誰にも話はしません」

と忠介は返し、口同士の合点《がてん》となった。

「ならば、鳥山屋さんのご主人を男と見込んで話をいたしましょう」

さらに前屈みとなって、富三郎は言う。それにつられ、忠介の体も前方に折れた。

互いに銘々膳の上に、体を乗り出す形となった。

「手前どもは、船を造っておりましてな……」

「船ですか？」

忠介が話の途中で訊き返したのは、商いが屋号の福松屋という名にそぐわないと感じたからだ。造船を商いと言ってよいものかどうかはともかく、忠介は怪訝《けげん》に思うところがあった。

——船造りなら内密なことでもあるまい。

とろろごぜんとは、あまり関わりのない分野である。期待外れと感じたか、前方に折れた忠介の体は起き上がり、元へと戻った。

「まあ、話は最後まで聞いていただけませんかな」

忠介の心の内を察したか、富三郎がさらに声音を落として言った。

その様に、またも興味がそそられる。

再び忠介の体は前屈みとなり、話を聴く姿勢となった。

「そこいらあたりの川に浮かんでる、ちっぽけな舟なんかではありませんぞ。ああいうのは、そこいらの舟大工たち職人の仕事ですからな」

下野鳥山は海がない。船といって忠介が想像するのは、鬼怒川や那珂川に浮かぶ川舟くらいなものである。それよりも大ぶりな舟を見るのは、せいぜい日光道中《にっこうどうちゅう》を渡す利根川《とねがわ》の艀《はしけ》くらいなものであった。

忠介が船のことに無知なのは、仕方のないことでもある。

「手前どもが造ろうとしているのは、海を渡る大型の船でして……」

――大型の船だと……？

ここで、忠介の首が小さく傾いだ。あることで、思い当たる節があったからだ。

忠介の頭の中は、商いよりもそのほうで膨らみをもった。詳しく知ろうと、気持ちを奥に隠し、富三郎の話の先を聞くことにした。

「鳥山屋さんは、北前船《きたまえぶね》とか菱垣廻船《ひがきかいせん》というのをご存じですかな?」

富三郎に問われ、忠介の心の臓が高鳴りを打った。

――もしや?

五日ほど前のこと、小久保家の本家である小田原藩《おだわら》の小久保忠真《ただざね》から聞いたことである。

忠真との話を忠介は思い浮かべた。

「――最近、両替商の主が行方知れずになってな。奉行所に捜させているのだが、まったく足取りがつかめん。いなくなる前、その主が大型の船がどうのこうのと言っておったのだが、それと関わりがあるのかないのか……」

忠介が耳にしたのは、そこまでであった。来客を告げられ、話の先が別のことに移ったからだ。忠真と両替商が、どのような関わりがあるのか分からないが、老中の立場で一町人の安否を案じるのは珍しいことだと、そのとき忠介は思ったものだ。

何か関わりがありそうだと、忠介の勘が働く。

――こいつは一つ、探ってやるか。

思惑を、忠介は肚《はら》の内に隠して富三郎と相対する。

問いに答えず考える素振りの忠介に、富三郎の顔から一瞬笑みが消えた。

「どうかなされましたか？」

「いや、なんでもありません。その船のことでしたら、むろん知っておりますとも」

廻船の実態は分からないものの、忠介は知った振りをした。

「北前船とは、鯨海《けいかい》を行ったり来たりして、上方《かみがた》と蝦夷地《えぞち》を結ぶ船でして、菱垣廻船とは上方と江戸の南海路《なんかいろ》を通る荷船のことでしょう？」

忠介がもつ船の知識とは、せいぜいそれだけのものである。

「ご存じならばよろしい」

話は伝わりそうだと、富三郎の目尻がさらに下がる。

「先ほど船を造っていると言いましたが、手前ども福松屋が直《じか》に造っているのではなく、廻船問屋などに船を売る斡旋をしているというのが本当のところですかな」

船大工が造った船を、船主に売却するのが富三郎の商いだという。それならば、忠介も得心ができるところだ。だが、商いの中身がまったく異なる忠介を、夜も更けた時限にこのような料亭に誘った理由《わけ》が分からない。

「これからが、本題なのですが……」

富三郎の心根を探ろうと、忠介は黙って話に耳を傾ける。

猪口《ちょこ》に残った酒を呑み干すと、富三郎は声音を落として語り出す。

「今ある北前船や菱垣廻船は弁才船《べんざいせん》というもので、大型の船でも積荷量は千石《せんごく》というところですかな。このごろでは、二千石というのもありますが」

声が小さくなった分、忠介のほうから顔を近づけた。

千石といっても想像がつくものではない。

一石は十斗にあたる。米に置き換えると、米俵一俵が四斗である。その計算では、一石は二俵半となる。千石船だと二千五百俵の米を積むことができる。

忠介は頭の中で米俵を思い浮かべ、それを積んだ。想像できるのは二十俵までで、その先はぼんやりとして二千五百俵までは頭の中に浮かぶものではない。

途轍《とてつ》もなく大きな船というのはおぼろげにも分かる。

そんな能書きはどうでもよいと思いながらも、忠介は富三郎の話につき合う。

「今、手前どもではその数倍の積み荷ができる船を造ろうとしているのです。そう、少なくとも五千石船」

「五千石……」

米俵にすると、一万二千五百俵が積める船ということになる。荷を運ぶ船でそれほど大きなものを、この国ではまだ見た者はいないと富三郎は言葉を添えた。

――なるほど、老中が気にしそうな話だ。

わずかばかり、小久保忠真の話が見えてきたようだと、忠介は感じ取った。

「この国は、いくつかの島が合わさってできているのはご存じですかな？」

富三郎が、にこやかな顔をして問うた。

「ええ」

子供でも知っているような問いに、忠介は真面目な顔で答えた。

「北は蝦夷から、南は九州《きゅうしゅう》。琉球《りゅうきゅう》まで含めますと、弓のように縦に細長くそれぞれの島が海に囲まれています。その細長い国を巡るとなると……」

「子供のころ、絵図でみたことがありますな。それで……？」

蘊蓄《うんちく》などどうでもよい。話を進ませようと、忠介は先を促した。

「弁才船は一本の帆柱で動く帆船でしてな、それですと風を待たなくてはならない」

忠介の急《せ》かしを無視するように、富三郎は語りをつづける。

「この国を一周するに、どれほどのときを要するものか分かりません。それと、船というのは時化《しけ》に弱いものでしてな、とくに冬場は北風が強く、海は大荒れとなり運行ができなくなります。夏から秋にかけても、野分《のわき》が海を時化させる。一年の内でも、船が動ける季節というのは意外と短いものなのです」

物資を運ぶ大型船の今ある海路は、大坂《おおさか》と蝦夷を結ぶ北廻りと、大坂と江戸を結ぶ南廻りしか発達しないのはそのためだと、富三郎はさらに語る。

長い話にうんざりしたか、忠介は不謹慎ながらも欠伸《あくび》を一つした。

「もう少しで、話はおわりますので……」

聞いててくれと、富三郎は申しわけなさそうに頭を下げた。

「こちらこそ、失敬をしました」

相手の語りの最中に口を開けた無礼を、忠介も詫びて頭を下げた。それでもまだ、富三郎の本音が伝わってこない。

「そろそろ家に戻らないといけないものでして……」

宵五ツを報せる鐘が鳴って、しばらくときが経つ。町木戸が閉まる夜四ツに近いころとなった。これ以上遅くなっては屋敷に戻れなくなると、忠介はさらに先を促した。

「申しわけない、遅くまで引き止めてしまって。手前どもでは、今までなかった大型の船を造り、どんな時化にも負けずにわが国を一周りできるものをと考えたのです」

心もちか、富三郎の語りは早口となってきた。

「動力も帆船ではなく……」

「ちょっと待ってくださいな」

薀蓄だけを語られても、ただ無駄なときを過ごすだけだと忠介は相手の話を遮った。

「商いの話として聞いてましたが、どうも手前どもが扱うものと関わりがないようでして。申しわけないが、もうこれ以上話を聞いたところで……」

肝心な話を引き出そうと、忠介はあえて一礼して腰を浮かした。

「いや、でしたらもう一言だけ……」

聞いてくれと、両手を差し出し忠介を引き止める。

「ならば……」

忠介の腰は、元へと戻った。

「荷運び用としては、今までこの国にはなかったほどの大型船。それほどの船であります。すでに買い手がついて一艘七万両の値がついています」

「七万両……」

船一艘の値に、忠介は驚く顔となった。

鬼怒川と那珂川の護岸工事だって、一万五千両もあればできる。一介の商人でも、たった一艘の船にその数倍の金がかけられるのかと思うと、自分の小ささが身に滲《し》みる忠介であった。

「これからこの船を、一度に五艘造ろうとしています。三十五万両の商いですな」

三十五万両と聞いて、忠介は腰の座りを直した。同時に、眠気も吹き飛ぶ。

「その船を造るのに、一艘三万両ほどかかります」

一艘の元値だけでも、護岸工事の倍である。話の桁《けた》が違うと、忠介は「うーむ」とひと唸りした。

五

興《きょう》の乗った忠介の様子に、富三郎の語りは熱を帯びてきた。

「となりますと、十五万両を用立てなくてはなりません。しかし、手持ちの資金が今のところ十二万両しかない。どうしても、三万両が足りないのです」

今が機とばかりに、富三郎がいっきにまくし立てた。

――やはり、そこが本音か。

三万両が足りないと聞いて、忠介は富三郎の狙いがおおよそ分かった。

「足りなければ、足りる分だけ造ればよろしいではないですか。どうして……」

忠介の問いに、富三郎は頭を振った。

「十二万両あれば四艘できると思われるでしょうが、実際は三艘しか造れない。四艘では一艘あたりの元値が五万両に跳ね上がってしまう。そうなると、一艘の売り値がべらぼうに高くなるのが物を造る道理。五艘いちどきに造ってこそ、ようやくこの値で収めることができるのです」

富三郎が言っていることは、忠介にも理解できる。

物は大量に作ってこそ、値を下げることができるのだと。その道理は、大和芋や鶏卵などの生産に携わっていれば、容易に知れる。

「なるほど」

忠介は、大型の船と掌《てのひら》の形をした大和芋《やまといも》を頭の中に同時に思い浮かべて、物が流通する仕組みを得心した。忠介のうなずく仕草を見て、富三郎は座る膝をさらに迫《せ》り出す。

「そこでです」

ここぞとばかり、忠介を説き伏せにかかる。

逸《はや》る気持ちを落ち着かせるように、富三郎の話がいったん止まった。そして、一つ息を吐き、肩の力を抜いて語りをつづける。

「その三万両の捻出を、外のお方にお願いできないかと考えた次第です。ここまでお話しすれば、手前の言いたいことはお分かりだと思います」

言って富三郎は、人懐こそうに目尻をさらに下げた。

「この話は、鳥山屋さんのご主人だからこそできるのです」

「ということは、手前に三万両出せとおっしゃるのですな？」

「もし、出していただければ儲けの二十万両の半分、十万両にしてお返しをする。ですが……」

富三郎の話に、忠介は頭の中で算盤《そろばん》を弾いた。

七万両の儲け話に、忠介の喉はゴクリと鳴った。気持ちが探りから、商いに傾く。

しかし、三万両などという金はどこにもない。

「三万両か……」

忠介の、困惑した様子に富三郎は小さく首を振った。

「話は最後まで聞いてください。ですが、たとえ三万両を出せるとあっても、申しわけございませんが、もうそれは叶いません」

「叶わないとおっしゃいますと？」

「すでに、二万両の手配はついております。ですから、あと一万両をなんとか……」

一万両だってままならないのが現実である。忠介が出せる資金はとろろごぜんのほうからの五千両しかない。これに藩の金を費やすわけにはいかない。それは、政《まつりごと》にどうしても必要なもので、博奕《ばくち》のような商いの投資に運用できるものではなかった。しかも、半分は怪しい話だとの思いがある。

あと五千両と思う忠介の心を、富三郎はさらに言葉を巧みにして説き伏せにかかる。

「もし一万両を出していただけたら、四万両にしてお返ししましょう。こちらの取り分がいくらか減りますが、背に腹は代えられない。悪くはない話でございましょう？」

言いながら富三郎は、腕を組んで考える忠介の顔をのぞき込んだ。

「ちょっと、考えさせてくれませんか？」

「むろんでございます。ここでお答をいただこうなどと、思ってはおりません。この話は滅多やたらとできるものではございません。それなりの、商いの実績を残したお方にしかできない話です。手前が見込んだお方と思って話をするのです」

それが、鳥山屋忠介だと、富三郎は名指しした。眼鏡に適ったというわけだ。

「船造りの事業は急いでいるのもたしかです。ですが、お答をいただくのに、六日ほど待ちましょう。この話に乗れないとあらば、次のお方を探さなくてはなりませんし。明日から数えて六日後の十九日、花月《ここ》に夕《ゆう》七ツ、またお越しいただけませんかな。そのときに、船の図面なるものをお見せいたしましょう」

富三郎の早口ではあるが、話はおおよそ忠介に伝わった。

だが、忠介の首はまだ縦には振られない。これでもかと、富三郎の口から駄目が押される。

「この話には、とある幕閣が絡んでおりまして、しかも老中格の……」

一際《ひときわ》小声で、富三郎は言った。

——老中だって？

忠真の話を、再び思い浮かべた。

話がにわかに胡散臭《うさんくさ》く忠介には感じられたが、顔に気持ちを表すことはなかった。

「それでしたら、間違いのない話ですな」

忠介の返事は、前向きであった。

「わかりました。話に乗るか乗らないかは、船の図面を見てから決めましょう。それで、よろしいですかな？」

「むろんでございます。話だけで大金を出す人など、この世にはおりませんからな。実際に船の図面を見て、お決めくださいませ」

忠介の心根を知ることもなく、富三郎は満面に笑みを浮かべた。

あと四半刻ほどで、夜四ツとなる。藩邸までは半里近くもある。この日の話はこれまでとなった。

富三郎の家は、浅草からは遠いという。今夜は花月に泊まると、手回しのよい話を女将とつけてあったようだ。

料亭花月でぶら提灯《ちょうちん》を借り、忠介は上屋敷までの道を急いだ。

急ぐ足は、思考を妨げる。帰る道々、富三郎の話をなぞりたかったが、頭の中は四ツの刻限に上屋敷まで着けるかどうかが先であった。

東本願寺《ひがしほんがんじ》の脇を通り、菊屋橋《きくやばし》で新堀川《しんぼりがわ》を渡ると堀沿いを左に折れる。浅草阿部川《あべかわ》町の町屋が途切れ、その先は武家屋敷が並ぶ地域である。町屋と武家地の境の辻を右に折れようとしたところで、忠介はふとうしろに人の気配を感じた。

「……おれを尾《つ》けてきたのか？」

――もしかしたら、心根がばれたか？

富三郎の手回しなのか、たしかめようとの気になった。

気づかない振りをするには、振り向いてはならない。

辻を曲がるところで、忠介は横目でうしろを見た。すると、提灯をもたない男の人影が見えた。その差は十間ほどであろうか。

辻を曲がって、五間ほど行ったところに路地があった。

忠介は、咄嗟にその路地に入るともの陰に隠れ男の様子を見やった。やはり、辻を曲がってくる。その男の顔が、左右に触れているのが分かる。明らかに、忠介を捜している様子であった。

尾ける理由《わけ》を、男に聞く以外にない。

忠介は路地から通りに出ると、いきなり男の前に立った。

「おれに、何か用か？」

「うわっ」

男は飛び上がるほどに驚くが、逃げようとはしない。

「これは、そちらさんのもので？」

男が懐から取り出したのは、忠介の小銭を入れる巾着《きんちゃく》であった。

考えながら歩いているうち、気づかずに落としたのだ。それを拾って男は尾けてきたのであった。

「これは、申しわけない」

忠介の、平謝りであった。

それほど、忠介は富三郎の話で頭の中が一杯になっていたのであった。

その後いくつかの辻を曲がり、上屋敷の正門まできたところで夜四ツを報せる鐘の音が聞こえてきた。三つ早打ちで鳴らすのは、時の鐘と分からせる捨て鐘である。

忠介は屋敷の裏手に回ると、本撞きの鐘が三つ目を鳴らした。

出かけるさいに職人や業者が出入りする裏戸の閂《かんぬき》を外しておいた。夜の見回りが気づけば閂をかけ直すのだが、幸いにも見逃したようだ。

「まったく物騒だな。賊でも入ったらどうするのだ？　注意をさせんといかん」

独りごちながらも、すんなりと邸内に入ることができた。


こっそりと、忍者のような忍び足で裏庭から寝床のある中奥へと向かう。

屋敷中の、戸という戸はみな閉まっている。寝所《しんじょ》のある殿舎に入るには、御広間の、中玄関が近い。忠介は、月明かりを頼りに向かった。しかし、唐破風《からはふ》屋根がついた中玄関の引き戸は、中から閂がかけられ開けることができない。

「弱ったな。おれが出かけるというのを、言っておくのを忘れてた」

いつもなら、外出するときは小姓か誰かに告げておくのだが、この日に限って黙って屋敷を抜け出した。

寝るときは、誰も傍にはおかない忠介である。近臣の誰もがすでに主君は眠っているものと取っている。

一夜屋敷を追い出された形の忠介は、庭石に腰掛けて考える。頭の中は、この日出会った富三郎との話で一杯であった。

夜が更けるも、寒さは感じない。それだけ、気が張っていた。

「一万両か……」

このたびは儲けを伴う話ではない。しかし、忠介は、富三郎の話に興が乗っていた。一万両を出して、騙された振りをしようと考えている。これは忠介の義憤であった。

「悪事と知った以上は、なんとかせんといかんからな」

語りかけるのは、自分自身にである。

忠介は、商売人から目明しにでもなったような心持ちとなった。


見せ金の、一万両の捻出を考える。

手元には五千両しかない。

「あとの五千両を、どこから引っ張り出すか」

見せ金とはいえ大金である。おいそれとは、そろえられない額であった。

「それにしても、あんな男によくもそんなでかい話が考えられるものだ。こいつは……」

誰か黒幕がうしろに控えているに間違いない。だが、幕閣でないのはたしかである。もし幕閣ならば、忠真が知らぬはずはない。

「誰でえ、いったい？」

探っていくうちに炙《あぶ》り出されてくるだろう黒幕に、忠介は思いを馳せた。

この話をもちかけるに、忠介はつき合いのある大商人の顔を思い浮かべた。

真っ先に脳裏に浮かんだのは、材木商である大松屋《だいまつや》の松三衛門《まつざえもん》である。とろろごぜんの店を出す上で、最初に乗ってくれた男であった。

次に思い浮かべたのは、千住《せんじゅ》で青物市場《やっちゃば》を仕切る、千成屋善兵衛《せんなりやぜんべえ》であった。

「この二人から、二千五百両ずつ出してもらえばよいか」

話も合うし、気心も知れている。商いも順調そうだし、わけを話せばすんなり金を出してくれそうだと、忠介は甘くとった。

「……明日にでも、行ってみるか」

朝になったら、さっそく訪れようと忠介の気持ちが決まったところで、急に寒けを覚えた。

ぶるっと一震えすると、邸内に響き渡るほどの嚏《くさめ》を発した。

六

夜間に、一人で邸内を見廻る徒歩《かち》組の家臣がいる。

忠介の発した嚔が、屋敷廊下を歩く家臣の耳に入った。

「外に、誰かいるのか？」

嚔が聞こえてきたほうに家臣が向かうそこへもう一発《ひとはつ》し、嚔が聞こえてきた。

「賊か……？」

見回る家臣の心境は、冷静ではなかった。落ち着いて考えれば、忍びの者がさほどに大きな嚔をするはずがない。

「いかがしようか……」

一人で賊と相対する度胸は、この家臣にはない。

書院御殿の向かいの長屋塀に、徒歩組の詰所がある。そこには数人がいつも待機し、邸内の夜間の警護を任されている。

「中庭に、怪しい者がいる」

見回りの家臣から、詰所に報せが届いた。

徒歩組の家臣たち五人ほどが、寄棒や刺又《さすまた》などの捕り方道具をもって中庭に参じた。

庭石に座る、忠介のうしろ姿を家臣たちがとらえた。

「あの男か？」

組頭とみられる家臣が、見回り役に問うた。月の明かりに浮かぶ男の姿は、着流しの遊び人風である。

「あんなところで、何をしている？」

「ひっ捕らえて、白状させましょう」

家臣たちの、意見がまとまる。忍び足で間合いまで近づくと、一人が六尺の寄棒で打ちかかった。

ガツンと背中に衝撃を感じ、忠介は前のめりになって倒れた。

「よし、ひっ捕らえろ」

無抵抗と見て取った徒歩組の頭《かしら》が家臣の一人に命じ、倒れた忠介に早縄を打った。

「うーっ」

背中を打たれた痛みと、縄で絞めつけられた苦しさから、忠介が呻き声を漏らした。

「引っ立てろ」

よろけて歩く忠介を小突きながら、詰所へと連れていく。

「賊のくせして、中庭で十三夜の月の風流を愛《め》でるなんて太い奴だ。そうか、この者は見張りかもしれん。ほかに仲間がいるかどうか、捜せ」

組頭の、号令が飛んだ。

「かしこまりました」

「ちょっと待て……」

家臣たちが動き出すのを、忠介は苦しげな声で止めた。

「待てとは、なんだ？　賊のくせして、その口の利き方はなかろう」

前屈みになり、顔を下に向ける忠介の背中に向けて組頭が言った。

「しょうがねえ奴らだ。うーっ、背中が痛てぇー」

寄棒で打たれた背中の痛みを堪《こら》え、忠介は歪んだ顔を上げた。

「この中で、おれの顔を知っている奴はいねえか？」

五人ほどいる家臣たちが、じっと忠介の顔を凝視する。滅多に藩主の顔を拝んだことのない下級武士たちである。忠介の、遊び人風の身形《みなり》も家臣たちの目を幻惑させている。

「いや、誰かに似ておるが知らんな。それよりも、町人が何用で屋敷の中をうろうろしている？」

組頭が忠介の顔を見るも、それが主君とは判別できていない。まさか、殿様が遊び人の形《なり》でいるとは想像もできないであろう。

「おれはな……」

「とにかく怪しい奴だ。詮議は明日にするので、この者を柱に縛っておけ」

忠介の口は遮《さえぎ》られ、床下から天井を支える通し柱に体を括《くく》りつけられた。

苦々《にがにが》しい表情で家臣たちを見やるも、忠介は自ら口を閉じた。

――まあ、明日になりゃこいつらは仰天するぜ。

見つからなければ、一夜を外で過ごすことになっていた。身動きは取れなくても、冷たい夜露に晒されないだけましだと、忠介は考えることにした。

――ああ、背中が痛てぇ。おれをぶっ叩いた奴、勘弁ならねえから覚えておけ。

そんなことを主君が考えていることも知らず、組頭は下士たちに命令を下す。

「屋敷内に、こいつの仲間がいるはずだ。家中の者を起こして、くせ者を捜し出せ」

邸内は寝静まっている。

しばらくすると庭にかがり火が焚かれ、長屋に住まう家臣たちが起き出してきた。

屋敷内に変事があれば睡眠中であっても起き出し、何をさておいても駆けつけなくてはならない。寝巻き姿で、それぞれ手に刀や槍などの得物《えもの》をもち、五十人ほどが中庭に集まった。

「邸内に、遊び人風の不審な者が侵入した。すでに、賊の一人を捕らえ監禁してある。まだ、仲間がいると思われるので、手分けをして……」

「ちょっと待ってください、組頭さま」

徒歩組頭の口を途中で止めたのは、今や忠介の商売人としての右腕ともいえる、皆《みな》野千九郎《のせんくろう》であった。その役目は大番頭《おおばんとう》である。藩の財政立て直しに、なくてはならない存在であった。しかし、家臣としての身分は徒士よりも下で、最下級に属する。

いつもは、業平橋近くの下屋敷にいるが、夕方の忠介との目通りがあってそのまま上屋敷にいたのである。

千九郎は、下火《したび》にあるとろろごぜん事業の立て直しを、忠介と模索している最中であった。そこに降って湧いた邸内の騒ぎに、何ごとかと駆けつけてきたのである。

「どうかしましたか、皆野さま？」

組頭の言葉がへりくだる。身分はかなり上であったが、忠介の側近であることを知っているからだ。

「その、捕らえたという者に会わせていただけませんか？」

千九郎にはもしやと、心当たりがあった。

「よろしいですとも。今は、徒歩組詰所の柱に括りつけていますが、何か……？」

「ちょっと思い当たる節がありまして……」

遊び人風と聞いて、ときどきそんな姿をして屋敷を抜け出す忠介を思い浮かべたのは、千九郎の勘どころであった。

みなの前で殿だと言ったら、徒歩組頭も面目が立つまい。

「ならば、面通ししていただけますかな。なかなかしぶとくて、口を割らないものですからな」

「ところで、かがり火は消して皆さんを長屋に戻したほうがよろしいかと」

「いや、まだ賊が邸内に……」

千九郎の忠告に、組頭は訝《いぶか》しげな表情で返した。

「おそらく、いないと思います。それよりも、そうなさらないと組頭さまご自身が大変なことに……」

「拙者がか？」

「左様……」

千九郎の話を聞き入れ、組頭は集まった家臣たちをもとの塒《ねぐら》へと戻した。そして、忠介のいる詰所へと、千九郎を連れて向かった。

柱に括りつけられ、ぐったりとしている忠介を見て千九郎の顔は歪みをもった。

「殿……」

呟くような小声を、千九郎が発した。

「なんだって？」

組頭の仰天《ぎょうてん》する顔が、忠介に向いた。

「おお千九郎、来てくれたか」

うつむいていた忠介の顔が上がり、千九郎を見やる。

「やはり、殿でしたか」

勘に狂いがなかったと、千九郎はほっと安堵する。

「どうやら、一晩中こんな格好でいなくてもよさそうだな」

苦笑を浮かべて、忠介が言った。

徒歩組の一人が、慌てて縄を解く。そして、そろって忠介に向け平伏した。

「最初から、名乗ればよかったでしょうに」

こんな騒ぎにならなかったと、千九郎が諫言した。

「屋敷を警護する者たちが、どんな対処をするか見たかったものでな」

忠介は、あえて捕らわれの身になったという。

「長屋住まいの方たちが、あっという間に集まりました。その対処は迅速だったと思われます」

千九郎が、徒歩組頭の顔を立てた。

「そうだったかい。ならば、おれの背中を打ったことは帳消しだ。おれもぼんやりと、庭石なんかに腰かけていたのがいけねえ」

不問に処すと、この一件は落着《らくちゃく》となった。むろん、徒歩組頭以下、徒士たちに咎めはない。寄棒で打たれた恨みは、すでに忠介からは消え去っていた。

「これからも、警護は万全にな」

「ははぁー」

畳に額を押しつける徒歩組家臣たちを見ながら、忠介と千九郎は詰所をあとにした。

詰所のある長屋から、殿舎に向かうには庭を通らなくてはならない。

「ちょうどいい、千九郎に話があった」

敷石の上を歩きながら、忠介が言った。

「眠てえだろうところ悪いが、つき合ってくれねえか？」

忠介の様子に、ただならぬ気配を感じる。

「もちろんです」

何か商売の種でも仕込んできたかと、千九郎の勘が働いた。

いつも面談をする御座の間で、忠介と千九郎が半間《はんげん》の間を空けて向かい合う。

「実はだな……」

前置きもなく、忠介が話しはじめた。

福松屋富三郎との、出会いの経緯《いきさつ》から忠介は語る。

「居酒屋から、河岸を替えてな……」

そこまでは、千九郎も黙って話を聞いていてさしたる表情の変化は見られない。その間、一つところだけ千九郎がいく分か身を乗り出したところがあった。

三人の侍に襲われた富三郎を、忠介が救った件《くだり》であった。だが、商いとは関わりないと、話に口を挟まず聞き流していた。

忠介の話は、料亭花月でのことになった。

内密にしてくれと富三郎は言っていたが、忠介は千九郎だけに詳しく語った。

「五千石船を五艘造り、三十五万両の商いですか」

黙って聞いていた千九郎が、初めて口を開いた。商いの大きさに、千九郎の声もいささか引きつっている。

　さらに、忠介の話は進む。

「そんなんで、六日後にどうするか決めなくてはならねえんだ」

　あらまし忠介の話は終わった。騙《かた》りの疑いは、あえて明かさずにおいた。千九郎がどう出るか、忠介としてはためしたいつもりでもあった。

「一万両が、四万両になるってことですか？」

「そうだ。悪い話じゃねえだろ」

「まあ、そう思います」

　千九郎の、返す声音《こわね》が小さい。

　いつもなら、気持ちが乗ればおのずと声が大きくなるのだが。

「なんだ、千九郎は浮かねえようだな」

「そうではありませんが、なんだかうますぎるような話でして……」

　千九郎の返しに忠介は一瞬ニヤリとしたが、すぐにその顔を元へと戻した。しかし、まだ明かさない。

「千九郎は、そう思うかい。だがな、一万両といえばかなりの大金だ。それを黙って差し出すんだぜ、見返りが大きいのもあたり前じゃねえのか。いや、おれはむしろ少ねえくらいだと思っている。もう少し分け前が欲しいもんだ」

「なるほどです。そうなりますと、殿はもう乗り気なのですね？」

「こんな夜更けになっちまったが、そこを千九郎に相談しようと思ってな」

相談といっても、忠介の気持ちはすでに決まっているのだろう。このとき千九郎は考えていた。

——殿がこんな話に、おめおめと乗ってくるのはおかしい。

何か、ほかにわけがあるのかと、忠介の本音が知りたくなった。

「どうかしたかい？」

口ごもる千九郎を、忠介は訝しく思った。

忠介が問うたところで、遠くから真夜中九ツを報せる鐘の音が聞こえてきた。神無月十三日から十四日に日付けが変わる刻であった。

七

ときを気にすることなく、忠介と千九郎の話し合いはまだまだつづく。

五千両をとろろごぜんの財源からもち出し、あとの五千両を二軒の商人から調達する。

　忠介の案に、千九郎の首がいく分傾いだ。

「あまり乗り気じゃねえようだな」

「はたして、松三衛門さんと善兵衛さんが乗ってくれるかどうか……」

「分からねえってんだな。どうも、千九郎らしくねえな。やりもしねえ前に、無理だと言うんじゃねえってのが口癖じゃねえのか？」

「左様でした。申しわけありません」

「謝《あやま》ることじゃねえが、どうして松三衛門さんと善兵衛さんが、この話に乗らねえと思うんだ？」

　忠介の問いに、千九郎は小さくうなずく。

「どうもこのところ、とろろごぜんの売り上げが頭打ちでして……」

　むろん忠介も、その現状は掌握している。そこを突かれると、忠介も二の句が継げなくなる。その状況を挽回しようと、躍起になって模索しているところでもあった。

「それと、二軒とも本業のほうも芳《かんば》しくないようでして。先だって、資金繰りに苦しいとかおっしゃってました。大店《おおだな》といえど、この不景気でどこも台所事情は苦しいようです」

「そうだったかい。それじゃ、そこから五千両作るのは難しそうだな」

忠介が腕を組んで考える。家臣の言葉を率直に受け入れる主君に、千九郎は好感をもっている。

「とにかく、朝になったらおれが直《じか》に行って聞いてくることにする。おれが行けば、相手もそうやすやすと邪険《じゃけん》にはしねえだろうからな」

「それがよろしいと思います。ですが、断られたときの案も考えておきませんと……」

「ああ、そうだな」

と言うも、松三衛門と善兵衛に断られたら、ほかに良策は見つからない。そのときはまた、別の手を考えようと忠介が思ったところで、千九郎の声がかかった。

「殿……」

「なんだ？」

「殿は、何か隠していることはございませんか？」

「隠しているだと……何が言いてえ？」

「もしや殿は、この話を疑っておられるのでは？」

千九郎は、気づいていたかと忠介がほくそ笑む。

「実はな……」

忠介は、自らの考えを千九郎に語った。

「やはりそうでありましたか。でしたら、最初から……」

「まだ、半信半疑だったのでな。だが、千九郎もそう思うんだったら、間違えねえだろう。そうとなったら、こいつは一文の儲けにはならねえけど、いいかい？」

「もちろんです。殿を騙りに嵌《は》めようなんて奴らは、許しておくわけにはまいりません」

「しかも、助けてやったっていうのによ」

恩を仇《あだ》で返す富三郎に、忠介の憤怒《ふんぬ》が治まらない。

「殿のお気持ちはよく分かります。もしや、武士に脅されたというのも、狂言では……」

「だったら、なおさらだ！　よし、千九郎、一丁やってやろうぜ」

「騙された振りをして、騙してやろうっていうんですね。面白い、やってやりましょう」

「ただし、これはあくまでもここだけの話だ。敵を欺くには、まず味方からというからな」

一緒に知恵を絞って、懲《こ》らしめてやろうということになった。

その一刻ほど前。

忠介が引き取ったあとの、料亭花月の孔雀の間であった。

錏頭巾《しころずきん》で顔を隠した武士が、富三郎のいる部屋へと入ってきた。

「首尾はいかがであった?」

頭巾を取らずに、いきなり富三郎に問うた。

年齢、面相は分からないが、着姿は、熨斗目《のしめ》の小袖を着流している。そこに、肩衣《かたぎぬ》と袴《はかま》の裃《かみしも》となれば武士の正装である。どこかの家中の、重鎮《じゅうちん》と取れる姿であった。

「はい。上々でございます。御前様《ごぜん》……」

富三郎に、名や身分の素性は語らせない。

「間違いなく鳥山屋は、一万両を用意するはずです。なんですか、お人よしのようですし、ああいう男は落としやすいです」

「わしの考えた狂言に、まんまと嵌《はま》ったか」

「誰かいい鴨《かも》をと探してましたところ、たまたま鳥山屋の主が居酒屋に入りまして。商人の形《なり》を変えて、遊び人風にしておりました。手前は顔を知っておりましたので、そこで仕掛けましたら……」

「ならば、あてにしてもよいのだな？」

「細工は上々、仕上げをご覧《ろう》じろってことですかな。ですが、即の答はもらえず、六日ほど猶予をもたせました」

「六日もか。気が揉めるな」

「どうぞ、大船に乗ったつもりでいてくださいませ」

「大船か。うまいことを言うのう、川口屋《かわぐちや》も……」

「御前様、川口屋の屋号はなにとぞ外ではお控えを……」

「そうであったな。福松屋と言えばよいのであるな」

「そう、お願いいたします。この話は、川口屋は関わりのないことになっておりますので」

「分かっておる、みなまで言うでない」

「これだけうまくいけば、もっとほかにも食指を伸ばしたいところであるな」

頭巾の下から、不穏な笑いがこぼれた。

「ご勘弁ください、御前様。これ以上欲をかきますと……」

「分かっておる。すでに、二万両せしめてあと一万両。都合、三万両でよしとせねばいかぬな」

「はあ……」

富三郎の、笑う顔が歪んでいる。汗か涙か分からぬ滴《しずく》が、膝の上に一筋落ちた。

その夜、両者の思惑が交差して夜が更けていく。


翌朝、忠介は、商人の身形となって大松屋と、千住にある千成屋を訪れた。

松三衛門と善兵衛に会えたものの、案の定両者とも首を縦に振ることはなかった。

何に使うかとの問いに、忠介が答えられなかったのも断られる口実となった。まさか、騙りを暴く見せ金だとは言えない。

二人の主からは、異口同音の答が返った。

お殿様の頼みとあらば、なんとかしたい。しかし、二千五百両という大きな金額は、使途も分からずにおいそれと出せるものではない。たとえそれが、一万両になって返ってきたとしても、然《しか》りである。商人というのは、物を売って細かな利ざやを求めるもので、一攫千金《いっかくせんきん》を狙うものではない。

そんな道理を突かれては、忠介としては引かざるをえない。予想していたことでもある。

大名という身分を盾に、ごり押しをしないのが忠介という男のやり方だ。申し出を断るのにも、相手は相当に気を遣っただろうと思えば、おのずと詫びの言葉になる。

余計なことに気を煩《わずら》わせたと、忠介が詫びを言って立ち上がろうとするのを、両者はやはり同じような素振りをして止めた。

「――お殿様の頼みを無下《むげ》に断るなど、心苦しい。千両でしたらなんとか手前どもで用立てできますが……」

それでも出したくない金であるのは、忠介には痛いほど分かる。その気遣いが、忠介にとってはうれしかった。しかし、千両ずつでは追いつかない。ほかに手立てを見い出そうと、忠介は丁重に申し出を辞退した。

これといった良策も見い出せず、丸一日が過ぎた。

第二章　笑う水死体

一

神無月十五日は、月次《つきなみ》登城の日である。

毎月一日と十五日に決められた行事で、諸藩大名は将軍に謁見するため千代田《ちよだ》城へと赴《おもむ》かなくてはならない。

将軍家斉《いえなり》との謁見が終わった忠介は、大広間から出て詰所に戻ろうと千代田城松の廊下を歩いていたところであった。

「あいやお待ちくだされ、小久保様……」

張りのある若い声に忠介が振り向くと、浅葱《あさぎ》色の大紋《だいもん》を着込んだ大名が、顔に愛想の笑みを浮かべて立っている。

忠介を呼び止めたのは、陸奥《むつ》国黒石《くろいし》藩二代目藩主津軽左近衛将監順徳《つがるさこんえのしょうげんゆきのり》であった。寛政《かんせい》十二年一月の生まれというから、まだ三十歳と若い。忠介よりも六歳ほど下になるか、名につける呼称もへりくだっている。

「これは、津軽殿。何か……？」

津軽順徳の、普段の折り目正しい態度に忠介は好感を抱いている。

「実は……」

呼び止めたものの、順徳は口ごもる。

その昔、刃傷《にんじょう》事件があった廊下の中ほどで二人は立ち止まった。

「折り入って小久保様に、相談したいことがございまして……」

以前も同じような光景に出くわしたことがある。そのとき忠介を呼び止めたのは、大和新庄《やまとしんじょう》藩主永井直養《ながいなおのぶ》であった。

——そういえば、永井殿もあのとき相談があると言って来たな。

そのときは『とろろごぜん』に代わるものとして鼠算《ねずみざん》式事業を提案され、首をつっ込んだものの、それは人々の銭を毟《むし》り取る悪徳商法と気づき手を引いた。

そんなことを思い出しながら、忠介は順徳の次の言葉を待った。

「近々にもお会いして、話を聴いていただけますでしょうか？」

「話をとは……いったいどのようなことで？」

「この場ではなんでございまする。できましたら、当方からお屋敷のほうにおうかがいしますが……」

忠介の耳元に口を寄せて、順徳が小声で話す。傍から見れば、内密の相談事のように受け取れる。

脇を通る諸藩の大名たちが、胡乱《うろん》げな面持ちで二人を見やりながら通り過ぎていく。余計な心配ごとであったが、小久保忠介を疎《うと》む幕閣がいる。そんな仕草は幕府への、謀反《むほん》の相談とも取られかねない。誤解を避けるためにも、忠介は耳から順徳の口を離したかった。

「分かりましたから、離れてくだされ。歩きながら話しましょうぞ」

詰所に戻るまで、小久保忠介と津軽順徳が並んで歩く。長袴を引きずりながらの会話となった。

「小久保様は、殿様商売人とか言われておられるそうな」

大名として、あまり聞き心地のよい言葉ではない。

「ええ、まあ……」

忠介は答を濁した。

「そこで小久保様のご才腕を見込んで、お知恵を拝借できればと」

「知恵なんてものは、やたらと他人《ひと》に貸すものではありませんが……」

自ら捻り出すものと、忠介には持論がある。最近、安易に他人の知恵や力なりを借りたいと言ってくる輩が多くなったと、忠介は思うこのごろであった。

「まあ、そうおっしゃらず。では、明日の昼ごろにこちらから出向きますので……」

順徳が言ったところで、忠介の詰所である白書院帝鑑《しろしょいんていかん》の間の前までやって来た。

「それではよしなに」

返事も聞かず小さく頭を下げると、津軽順徳の足は、その先にある外様《とざま》大名の詰所である柳《やなぎ》の間へと向いた。

「……他人どころではねえ」

忠介の頭の中は、自分のところをどうしようかで一杯である。とても、他人の世話を焼くほどの余裕はない。

福松屋富三郎と会ってから、すでに丸二日が過ぎた。

あと、四日の間に五千両を他所《よそ》から用立てなくてはならない。忠介は次第に焦りを感じ、翌日の昼となった。

小姓の左馬之助《さまのすけ》が、津軽順徳の来訪を告げに来た。

「そうだったな。すっかり、忘れてた」

最上等の御客の間に通しておけと言って、忠介は身形を整えた。

「お待たせいたした」

襖が開き御客の間に入ると、きのう松の廊下で会った津軽順徳が正座をして座っている。

「おや……？」

順徳だけであったら、忠介も訝しげな顔はしない。順徳のほかに、五十歳にもなろうかという、老齢の男が座っていたからだ。

「南部《なんぶ》様……」

忠介もよく知る顔に、いささか驚く。

津軽順徳の隣に座っていたのは、陸奥は八戸《はちのへ》藩八代目南部左衛門尉《さえもんのじょう》信真《のぶまさ》であった。

「きょうは折り入って、津軽殿と共に相談に参った」

二人とも、高級な紬など着ていない。綿織の袷《あわせ》を着込み、厚めの羽織を纏っている。大名としては質素な身形であった。

南部信真の皺の多い顔は曇りをもち、憂いがそのまま表情に出ているようだ。黒石藩は内陸で、八戸藩は海沿いの、共に陸奥の最北に位置する。一万石と二万石で、それぞれ所領は小さい。

簡単な挨拶を済ませ、忠介はどのような話となるのか相手の語りを待った。

「ご存じのように……」

南部信真が、話の口火を切った。

「身共《みども》の正室は、小久保忠顕《ただあき》殿の娘でござる。義兄上《あに》はご老中の……」

その縁戚関係を、忠介は聞いたことがある。

忠介が頼りとしている本家小田原藩主の小久保忠真の妹が、南部信真の正室であった。

「そのよしみと言ってはなんだが、どうか知恵を貸していただきたい」

頭を下げて、南部信真が知恵を乞う。

「知恵とは……？」

「ここにいる津軽殿に聞いたが、小久保殿はかなり商才に長《た》けていると……」

大名たちの間で、忠介の商売人としての噂が広がっているのは知っている。津軽順徳から松の廊下で、相談と言われたときおおよその察しはついていた。だが、それで八戸藩南部家も一緒に来るとは想像にもなかった。

「さほどでは、ありませんが……」

あながち謙遜ではない。忠介からすれば、足りない五千両すら集められない自分を不甲斐ないとも思っていた。それを、津軽順徳と南部信真は慎み深さと取った。

「いやいや……」

向かい合って座る、二人の首がそろって横に振られた。

「上屋敷を夢御殿などという酒場にしたり、とろろごぜん屋という店を開いたりして相当に儲けていると聞いておりますぞ」

津軽順徳が言うも、実態までは知らぬようだ。

「相当に儲けているなんて、とんでもない。実態は、火の車です。儲けなどみんな……」

なんだかんだと、利益はほとんど幕府に吸い取られている。忠介は、そんなことが脳裏をよぎり、途中で言葉を止めた。

「いやいや、どうして。鳥山の小久保家は相当に貯め込んでいるとのこと。国元では、領民が祭りで盛り上がり、日々の暮らしを満喫していると。まったく、うらやましい限りだ。のう、津軽殿」

「まったくでございます、南部様」

内情を知らない者に、褒められ賺《すか》されても世辞としか取れない。

「それはよろしいとして、ご相談ごととは？」

不機嫌そうな表情で、忠介は先を促した。

「そうでしたな」

津軽のほうが、居住まいを正した。

「南部様とうかがったのは、今、陸奥の国、とくに北のほうは大変に苦難の状態にあります る」

「今から五十年ほど前になるが、天明《てんめい》の大飢饉《だいききん》というのが起こりましてな……」

南部信真が語りはじめたその話は、忠介も知っている。

天明二年から三年にかけては、異様に暖かい冬であった。

雪が少なく地面は渇き、いつもとは違う冬に人々は不安と戸惑いを感じていたと、ものの記録に残っている。

そんな折の天変地異が、追い討ちをかけた。

天明三年の初旬に津軽の岩木山《いわきさん》が噴火し、その年の七月には信州《しんしゅう》と上野《こうずけ》にまたがる浅間山《あさまやま》が噴火し、各地に惨憺《さんたん》たる被害をもたらせた。噴出された火山灰が空を覆い、日の光が地上に届かず冷たい夏となった。それにより、農作物は壊滅状態となって人々は食べるものを失った。食糧危機は翌年になると、飢饉となって北関東から陸奥一帯を襲い、数万人が餓死したと伝えられている。

そんな悲惨な話を、忠介は頭の中に思い浮かべた。

「とくに北陸奥は、農作物には不毛の土地柄でしてな……」

今度は、津軽順徳が語りはじめた。

「津軽の内地は田畑が少なく、しかも冬になると雪や霜の害もあってまったくといってよいほど、作物には適さないところであります。それでも、新田の開拓に努《つと》めているのですが、なかなか元手となる財に乏しくて先に進めないのが現状なのです」

津軽順徳の苦慮は、忠介にも痛いほど分かる。うなずきながら、話を聞いた。

「わが領地の主な産物といえば、豊富にある樹木を伐採して作る炭《すみ》や薪《まき》くらいなもの。民が直《じか》に食せるものではありません。それを売って財とするのですが、そういうものは近在の諸国なら、どこでも作り出すことができます。なかなか、売れませんで……」

言いながら津軽順徳は、はぁーと大きくため息を吐いた。

「そうすると津軽殿は、その薪や炭を江戸《えど》や関八州《かんはっしゅう》などで売るための策を考えているのですな？」

おおよそ話の中身はつかめたと得心したか、忠介の体がいく分か前に乗り出した。

「いや、それもありますが……」

「ほかにも何か？」

忠介の問いに、今度は津軽順徳が体を前に乗り出してきた。

「これからは、今しがた申した新田の開発に力を入れようと考えています。やはり、口に入れるものを作り出すほうが民は安心をする。幸か不幸か、もともと食いものに乏しかったわが藩は、その昔に各地が被害に遭ったという飢饉までには至らなかった。もっとも、領民の腹へらしはいつものことで、飢えが長きにわたってつづいてますからな、もう慣れてると申せます」

津軽順徳の、自虐なもの言いとなった。

「しかし、新田の開発もなかなかはかどらない。どうしようかと、頭を痛めているところです」

黒石藩の現状を語り終え、津軽順徳の肩が落ちた。

「よろしいかな？」

そこに、南部信真の口が挟まれた。

「わが八戸藩の……」

話を聞いてくれとばかり、南部信真が皺顔と共に体を乗り出してきた。

「一番の産物といえば、大豆《だいず》なのだが……」

「ほう、大豆でしたらいろいろな使い用途があって、売るにこと欠かないでありましょう」

醤油、味噌、豆腐などの原材料となる大豆は食材に欠かせぬ産物である。どんなに作っても、栽培過多となることはない。現に忠介も、国元で大豆の栽培を考えていた。だが、今もって作らないのは、川の氾濫を恐れているからだ。屈強な土手ができたら、真っ先大豆にも手を出すことに決めてはいた。

「だが、大豆も難しいところがありましてな。一番の弱みは、やはり天候が左右することです。毎年豊作ならばありがたいのだが、どんなに土壌がよくとも、ちょっとした天気の不順で不作となる。それと、運ぶのに難がありまして、遠くに運ぼうにも腐りやすいのが欠点なのですな。相場が乱高下《らんこうげ》して、むしろ小豆《あずき》のように投機の対象になりやすい。よからぬ商人が暗躍して、利ざやだけを追うようになってきた」

南部信真の語りに、忠介は大豆の栽培は考え直そうかと、考えが頭の中をよぎった。

「そんな商人を排除し、今は別の産物に力を入れているところです」

「別の産物とは……？」

「わが領地に、大野《おおの》鉄山と呼ばれる山の峰がありましてな、そこから良質の鉄が採掘できまして、今や八戸藩はその鉱山を藩営として頼っているのが現状なのですな」

製鉄技術が発達し鋳造された鉄は南部鉄と呼ばれ、遠く関八州までも移出され、その名は広く知れ渡っていた。

「南部鉄とは、八戸藩の産物でしたか」

忠介でも、その名は知っている。頭の中で、鉄でできた茶釜の形を思い浮かべた。

「いや、盛岡《もりおか》藩の鉄も知られ、南部鉄とはどちらのものものもいう」

「なるほど。それほどの産物を抱えていれば、領民も潤っているのではありませんか？」

「とんでもない。鉄だけでは重たすぎて、とても藩政は賄えない。それと、昔あった大飢饉がまだ糸を引いている。領民も食うのがやっとだし、わが藩も津軽殿のところと同様、政《まつりごと》に行き詰まっているってことですな」

それぞれに領地の悩みを抱えているのは同じだと、忠介は二人の気持ちが痛いほど分かった。一国を預かる大名ならではの憂いといえる。

一通り現況を聞くと、忠介は腕を組んで考える素振りとなった。

黒石、八戸両小藩の難状を、忠介は身につまされて聞く思いであった。

「現状を打破するために、一緒に考えましょうぞ」

このとき忠介の頭の中は、三者力を合わせて何かをやれば良策が見い出せるだろうとの考えに至った。

「そう言っていただけますかな、小久保殿」

皺顔に、喜びをあらわにしたのは南部信真であった。

「力を貸していただけますか、小久保様」

言いながら、身を乗り出したのは津軽順徳であった。

「ところで、現状は分かりましたが、お二方ともこれから何をしたいのでしょうか？」

苦難は聞いたが、この先何をしたいかまでは聞いていない。

「それが分からないから、こうしてがん首をそろえて相談に……」

南部信真の返しに、忠介は得心をする思いであった。先に進む道が分かったら、誰も他人などあてにはしないだろう。

忠介に頼り切った二つの顔が向いている。

「たとえばです。そうですな……」

考える仕草をして、忠介は一呼吸置いた。

「短い期日で金を儲けたいのか、それとも産物をもっと多く売るための策を練りたいのか、そのどっちなんです？」

「そりゃ、両方でありましょうよ」

あたり前なことは訊くなと、不服そうな南部信真の口調であった。

「いえ、そうでなくここはどちらか一本に目当てを絞るべきです。ものを売るというのは、その前に知恵も必要ですが先立つものがないとなかなか手が打てないものなのです。それを、元手とか資金とか言いますな」

「なるほど。さすが、商売人は言うことが違うのう、津軽殿」

「まったくで、ありますな」

忠介のどうでもいいような蘊蓄《うんちく》に、南部信真が感心を示し、津軽順徳が相槌を打った。

「……」

「元手ならばありますぞ。いくら貧乏藩であろうとも、そのくらいは我がところにも

「どれほど、ご用立てられますか？」

南部信真の、自信ありげのもの言いに忠介が問うた。

「二千五百両は、こんなときのために取ってある」

「二千五百両ですか？」

一介の商人の元手としたなら二千五百両は大きな額である。だが、いくら小藩といえど、一国の領地を次元として考えるならわずかな額である。

とても領主が威張って口にするような額ではないと、忠介は首を振った。

「ええ。それで、津軽殿のほうはいかがかと……？」

「わが藩も、二千五百両くらいならなんとかかき集めて用意できると思います」

「津軽殿も二千五百……」

両方合わせて五千両。忠介の言葉は止まった。不足の五千両がもしや転がり込んでくるのではと思ったからだ。

「いかがなされましたかな？」

財政難の折の、苦しい台所事情から捻出する血の滲むような金なのだ。そんな金を利用することはできない。だが、他に手立てはあるのか、忠介は悩んだ。

——騙りを欺くには、自分が騙りにならなくては。

忠介にとっては、苦渋の決断であった。

――金を返せばよいことだ。

自分自身に言い聞かせ、忠介は居住まいを正した。

「その二千五百両を、身共に預けてはもらえませんかな？」

忠介は遠慮がちになるところを、胸を反らして自信ありげな口調で言った。

「預けると、どうなりますか？」

津軽順徳が、不安げに問うた。

「商いというものは、危険が伴うものです。まったく失うこともありますし、元が取れれば御《おん》の字という場合もございます。ですが、うまくすれば二千五百両が一万両になることもあります」

「一万両……」

向かいに座る二人が、互いの顔を見合いながら声に出した。

元手の四倍になるという話に食指が動いたか、そろって体が前にせり出した。

一万両あれば、いろいろな手が打てる。新田の開発やら、新しい鉱脈の発掘やらに資金を投じ、さらに数倍の利を産むことができる。

そんな打算が、二人の大名の脳裏に浮かんだ。

小久保忠介に相談をかけた以上は、無下《むげ》に引くこともできない。

「どういたそうか……？」

南部信真が考えている。

「身共は、小久保様を信じたいと思ってます。そのために、南部様ははるばるこちらに来たのでしょう」

南部家の上屋敷は、麻布《あざぶ》にある。浅草とは、かなり離れている。

「左様であったな。だが、実態の分からないものに財は賭けられん。それさえ失ったら、八戸藩は破綻するからの」

「身共は、小久保様に賭けたいと存じます」

片方は引き、片方は乗ってきた。ここはもうひと押しと、忠介は富三郎からもたらされた、造船の話を語ることにした。

——心苦しいが、それを語らなければ、承知するまい。

それと、二人がどんな反応を示すか見てみたい気もあった。

「分かりました。ならば、その極秘という案を打ち明けましょう。ただし、絶対に他所《よそ》には話さないと確約していただけますかな？」

「それは、むろんのこと……」

皺顔の中にある目を光らせながら、南部信真の体が前にせり出した。

二

語る相手は大名である。口は固いだろうとの、読みがあった。

「ですが、話を聞いた以上は絶対に引くことは適いませんが、それでよろしいかな？」

忠介が念を押す。

「念にはおよびませぬぞ。のう、津軽殿もそうであるな？」

「いかにも」

南部信真のほうが、さらに乗り気となった。

「これは二千五百両が、四倍の一万両になるというだけの話ではありません」

忠介は、話に少し色をつけようという気になった。

「ほう」

南部信真と津軽順徳の目が、爛々《らんらん》と輝いてきている。

「もう一度言いますが、くれぐれも内密に……」

「くどい！」

早く話の先を聞きたいと、忠介のさらなる念押しを南部信真が一喝した。

「お二方とも、船というのをご存じですかな？」

忠介の話の切り出しは、うしろめたい気もあってか、どうでもよいような問いかけであった。

「船というのは、川や海に浮かぶあれか？」

「左様です……」

真顔になって答える忠介に、それがどうしたと、二人の怪訝そうな目が向く。

「今、あるところで途轍《とてつ》もなく大きな船を造ろうとしています。それは、千石船の数倍もあるという荷船です。この国には、いまだそれほど大きな船は造られてはいません」

「ほう……」

関心をもったか、二人がうなずき返す。

「もし、その船ができればわが国を一周でき、蝦夷《えぞ》から江戸までの、東廻り海路がさらに容易となります。となれば津軽、八戸はかなり江戸とも近くなりますぞ」

一度気持ちを決めれば、すらすらと言葉が出るものだと、語りながら忠介は思った。

「左様か」

南部信真は、腰を浮かすほど興が湧いた。

「これまで、東廻り海路が発展しなかったわけは、海流と風向きに原因がありました」

忠介は、富三郎から聞いてきた話をもち出した。

「ほう、海流と風向きとな……」

海辺に位置する八戸藩には、興味深い話である。南部信真が、さらに聞き耳を立てる。

「東側の海には、西から東に流れる温かい黒潮と、北から南に流れる親潮という、大きな潮の流れというのがありまして。どうやらこの海流が船の運航を左右するらしいのですな」

ここまでくると、海のない領地を支配する忠介には、語りに自信がもてなくなってくる。海流云々《うんぬん》がどうして船の運航に関わりがあるのか、自分でもその理屈がいまだに分からないのだ。

「ほう、その海の流れが船の行き来を難しくしているというのですかな？」

「おそらく、そうなのでしょうな」

津軽順徳の問いに、忠介の答もあやふやとなる。

「まあとにかく、今ある大きさの帆船では、その流れを操るのは難しいとのことです。それと、風向きもかなり船の行き来に差し響きを生じるらしい」

「風の差し響きとは？」

またも津軽順徳が問うた。

忠介にとっては、煩《わずら》わしい応酬であった。

自分は学者ではなくて、殿様なんだという自負がある。しかし、五千両を引き出すには、二人が得心する答を返さなくてはならない。

忠介は、富三郎が語った話を思い出そうと、顔を天井に向けた。

「そうそう……」

富三郎が語った一節が、忠介の脳裏に浮かんだ。

「季節に吹く風というのをご存じですかな？　冬は北の風、夏は南からの風が吹きますな。帆船というのは風向きによって進みやすくもなり、まったく進めなくなることもあります」

「そのくらいは分かっている。そんな能書きはいいから、肝心なことを聞かせてくれ」

だんだんと、忠介の話がつまらなくなってきている。不機嫌そうな声音で南部信真が言った。

これではいけないと、忠介が態勢を立て直す。

「早い話、今の船では冬の嵐にも弱い。どんなに時化《しけ》ようが、海の流れが急だろうが、それでも前に進めるという頑強な船を造り出そうとしているのです。そんな船ができれば、これまでの航路とは逆廻りもでき一艘で数倍の荷が運べることになるのです。ええ、炭や薪に鉄だろうが大豆だろうが、容易に江戸や関八州に運ぶことができるのですぞ」

忠介が息もつかさず、一気に語った。騙りであることを忘れさせるような、饒舌ぶりである。

これまで、津軽から江戸に物資を運ぶなど至難のことであった。

八戸藩ではたまに東廻りの船便に、特産の大豆を乗せてきたが、途中で難破する船も多く損失すら生じていた。そういうこともあり、江戸への出荷はあきらめていたところだ。

「さほどに大きな船を造ろうとしているのは分かり申した。だが、それとわが財の二千五百両がどう関わりがあるのでしょうか？」

「そこなんです」

津軽順徳の問いに、ようやく忠介の声に張りが生じた。

両藩のなけなしの財を引き出すため、話は遠回りしたがこれからが本題である。

「その大型船を五艘造ろうとしています。一艘七万両という値がついて……」

忠介は、富三郎から聞いた話をそのまま二人の大名に語った。

「なるほど。足りない三万両のうち、一万両の捻出を小久保殿が引き受けたのですな」

南部信真にも話が通じたようだ。

「左様です。ですが、生憎とわが藩には五千両しか余裕がない。あとの五千両をどうしようかと、模索していて……」

「分かり申した。元よりそれがしは小久保様を頼って来たのです。そんなうまい話があれば、乗るのは当然でございましょう。いかがですかな、南部様は……？」

「然り！」

声音に南部信真の決断が宿る。双方とも、得心をしたようだ。

「ぜひとも、その資金を当方で出させてくだされ。お頼みいたす」

南部が忠介に向けて、深く頭を下げた。

「当方も、ぜひ……」

津軽順徳からも、嘆願を受ける。

「いや、もう少しお考えになってから……」

こうもすんなりこられると、かえって戸惑うものだ。二人の乗り気に、忠介のほうがためらいを見せた。

「ただし、これはあくまでも投資です。損を出すこともあれば、元で終わることもあります。そのときは、当方を恨まぬようご同意を願いたい」

これを言っておかなくては、後々揉める。忠介は、念を押して説いた。

「分かっておる。そんなことはあたり前だ。のう、津軽殿……」

「まったくもって……」

南部信真と津軽順徳の、二人の大名がそろって頭を下げ、見せ金の一万両ができた。

その夕、忠介は御座の間に皆野千九郎を呼んだ。

「……ということで、この話には北陸奥の二藩が乗ってくれた。これで、見せ金の一万両がそろったってわけだ」

「それはようございました」

「心苦しかったぞ」

「そうでありましょうな。それで、いつまでに五千両を用立てればよろしいのでしょうか？」

「十九日《しあさって》に福松屋の富三郎と会って、払い日を聞いてくる。南部と津軽の両家からは、十八日《あさって》にもここに金が届く。千九郎宛にしてあるから、大事に受け取っておいてくれ」

「千両箱でですか？」

「そうだ」

千両箱十個を、千九郎は思い浮かべた。

──これで、騙りの奴らをぎゃふんと言わせてやる。

それからしばらく、騙りを嵌《は》める策が二人の間で練られた。

十八日、両家から五千両が届くと、千九郎は金蔵の中に収めた。

小久保家からもち出す五千両は、下屋敷のほうからである。

千九郎は、とろろごぜんの本拠である北本所の下屋敷とを行き来している。忠介が江戸にいるときは、上屋敷にいることが多くなっていた。

下屋敷にある五千両を上屋敷に移そうと、千九郎は北本所へと赴《おもむ》いた。

金というのは、やたらと動かしたくはないものだ。しかし、一万両をまとめておかねばならない。

その夕、千九郎は忠介を護衛する馬廻り役の五人と、今は手下となっている宮本小《みやもとこ》次郎《じろう》と、波乃《なみの》という腰元を引き連れ下屋敷へと向かった。

小次郎は、『無双示現流《むそうじげんりゅう》』の技に長《た》け、小太刀を使えば藩の中で右に出る者はいないといわれる手練《てだれ》であった。むろん、大刀の腕も相当なものである。まだ二十二歳と、千九郎より二歳ほど若い。

そして波乃は、二十歳を過ぎたばかりで、忠介の身の周りの世話をする腰元である。娘でありながら素手で相手と対峙する『正道拳弛念流』の遣い手であった。

忠介は、何かと役に立つだろうと、この二人を千九郎の下につけた。千九郎にとっては、頼もしい手下であった。

三

千九郎たちが下屋敷の邸内に入るとすぐに、鶏番人の大原吉之助を見かけた。

「大原さん……」

親しげに千九郎が声をかけた。

「おお、千九郎さんに会うのは、久しぶりだな」

普段は押上村にある、鶏舎の管理をしている大原であった。最近は、上屋敷にいることが多くなっている千九郎とは、あまり会ってはいない。

吉之助と最後に会ったのは、この月のはじめのころであった。

「して、きょうはなんの用事で……?」

自分に関わりがあることかと、大原が問うた。

「いや。ちょっと別のことで……」

金を取りに来たとは、大原に言う必要はない。なるべくなら、家臣にも内緒にしておきたいことだ。

千九郎のうしろに屈強そうな男たちと、一人の若い女がいる。波乃のほうに吉之助の顔が向き、小さな会釈があった。

「そういえば千九郎さんに話しましたっけ？」

「何を……？」

「ここから二町ほど南に行ったところで……」

「ああ、土左衛門の話ですか」

大原に言われて、千九郎は思い出した。半月ほど前に聞いたと同時に、忘れていた話であった。

「それがどうしました？」

千九郎の背後には、七人いる。その連中を、余計な話で待たせたくないという思いがあった。

「なんですか、身元はまだ分からないそうで……」

「そうですか、それで……？」

自害して果てた土左衛門の話など、今の千九郎には関わりがなかった。いかに無事に金を運ぼうかと、頭の中はそれで一杯であった。

そのとき、うしろから「こほん」と一つ咳払いが聞こえてきた。

馬廻り役からの、せっつきであった。

日暮れが迫ってきている。暗くなってからの大金の移動は危険を伴う。明るいうちに上屋敷に戻りたいとの焦りもあった。

「その話は今度会ったとき、聞きましょう」

「そうですか。それじゃ拙者は、押上に戻りますので」

吉之助は門のほうに、千九郎たちは屋敷の奥へとその場は別れた。


大八車に千両箱を五個、五千両を積み、落ちないようにとしっかりと結わえつけ、その上に菰《こも》を被《かぶ》せて外からは見えないようにした。

下男に大八車を牽《ひ》かせ、千九郎たちは帰路についた。

大八車の周りを護衛たち五人が左右前後を囲んで進む。その様子をうしろからうかがいながら、千九郎と小次郎そして波乃が追った。

夕七ツを報せる鐘が鳴って久しい。それから半刻以上は過ぎているはずだ。上屋敷に戻るころには、暮《くれ》六ツも過ぎているだろう。千九郎は、もう少し早く来るのだったと後悔した。

八戸藩南部家からの金の届きが遅れていたために、下屋敷に来るのが遅くなったのである。

北本所中之郷《なかのごう》は、昼間でも寂しいところある。近在には、蛇山《へびやま》と呼ばれるところがあり、蝮《まむし》の生息地で有名であった。滋養強壮の薬として高く売れると、夏から秋にかけ、蝮獲りが多く出没する地域である。金をもっていそうな獲物を襲う、山賊もどきの輩《やから》がいてもおかしくない。浅草へ渡る吾妻橋に出るまで、雑木林に挟まれた昼なお暗い道を、三町にわたって通らねばならない。

一行は、その道に差しかかった。

護衛の五人の首が、警戒を強くしたか左右に大きく振られる。それぞれ、手は刀の柄《つか》に置かれている。

――そんなに警戒心を見せたら、大金を運んでいるのが分かっちまうだろうに。

千九郎がうしろから声をかけようにも、大八車の進みが速くなった。早くこの場を駆け抜けようと、護衛の一人が下男に命じたようだ。千九郎たち三人も、急ぎ足であとを追う。

雑木林の中ほどに来たとき、大八車がガクッと音を立て、急に止まった。

「何奴《なにやつ》？」

と、前のほうで声がする。

薄暗い中、三人の男が立ち塞がっているのが見える。

「よほどにその荷が大事そうだな。黙って大八車ごと置いてけば、命までは取ろうと思わん」

だみ声が、前のほうから聞こえてくる。

相手はたったの三人と、護衛の五人は侮ったようだ。刀を抜いて、五人は大八車を庇うように三人の賊と対峙した。

小次郎と波乃は、助《すけ》に立つまでもなく動かずにいる。

「行かなくていいのか？」

「千九郎さん、このままでいてください」

波乃が小声で言った。

「たった三人だけでは、こういう襲い方はしないでしょうよ」

あたりを見回しながら、小次郎が言う。すると、ガサガサと生い茂る篠竹《しのたけ》を踏みつけ、藪《やぶ》の中から十人ほどの男たちが出てきて、千九郎たちの前に立った。すでに、手に手に鞘《さや》から抜いた大刀を手にしている。

「大八車に積まれた五千両、俺さまたちがいただく」

大八車の前にいる、親玉らしい男の言葉が千九郎の耳に入った。

「えっ？」

――なんで、五千両だというのを知っている？

小次郎と波乃も頭を捻り、訝しそうであった。

この場はいかにしても、五千両を死守せねばならない。

商いの算段においては、千九郎は長《た》けている。しかし、武芸である剣術のほうはからきし駄目であった。腰に差した二本は、侍という証《あかし》のための飾りである。その刀をいつ鞘から抜いたかは、記憶の中にはなかった。

千九郎にしては、久しぶりの抜刀であった。錆びついているかと心配したが、どうにか刀は抜けた。それで人を斬れるかどうかは分からない。しかし、ここは殺生をしてでも守りきらねばならない五千両だ。

殺らなければ、腹を切って詫びるしかないのだ。

千九郎は、腹に力を据えた。


賊の十人が、千九郎たち三人を取り囲む。

前のほうでは、すでに戦いがはじまっている。五人対三人で、相手は不利なようだ。

「四人ばかり、こっちに来い」

親玉の怒鳴り声が、前方から飛んできた。

五対七で、相手が有利となった。だが、警護役の五人はさすが手練《てだれ》とあって、七人相手でも力はきっ抗している。

一進一退の攻防となった。まだ、地面に倒れている者は誰もいない。

千九郎は数の内に入らない。小次郎と波乃が六人を相手にした。

野盗といえど、昔は武士であったようだ。それが落ちぶれて、今では追いはぎの類《たぐい》となっている。

構えからして、多少の剣の扱いはありそうだ。

「波乃、気をつけろ」

「小次郎さまこそ……」

とりあえず、六人をなんとかしないと、前方の助《すけ》には回れない。

人数では圧倒され、不利は否《いな》めない。このままでは、金を奪われるどころか命までも危ない。

刀を抜いたものの、千九郎は器用に扱うことができない。それならば、この難関を凌ぐ手立てはないものかと考えた。

「ちょっと待て！」

千九郎は大声を張り上げて、いっとき争いを止めた。刀が合わさる音が止み、あたりは静寂を取り戻す。

「頭目は、誰だ？」

「ほう、金を渡す気になったかい？」

六尺もある大男が、野盗の頭目であった。顔中髭《ひげ》をたくわえ、人相のほどは分からない。やたらと、目だけが異様に光を帯びている。

千九郎は、警護役の五人を掻き分け頭目の前に立った。

「その前に訊くが、どうしてこれが五千両だというのを知っている？」

「簡単なことよ。おめえらが、ここまで来る間にしゃべっていただろうが。耳のいい野郎があとを尾《つ》けてりゃ、一言二言そんな話を耳にしたっておかしくはねえ。それと、警護役の侍が荷車の周りにくっつき、首を左右に振ってりゃ、お宝が載ってると思ったって不思議じゃねえ」

下屋敷を出てからここまで来る間、たしかに五千両と口にしたことが二度ばかりあった。

「力ずくでも、そいつを奪いたくなるのが野盗ってものだ。おとなしく、置いていく気になったか？」

「いや、絶対に渡すわけにはいかない」

「だったら、しょうがねえな。やい、てめえら……」

千九郎の拒絶に、頭目が仲間をけしかけようとする。

「いや、話を聞け」

「話なんて、いらねえ。俺たちゃ口下手《くちべた》なんでな、話し合いなんてくそ喰らえだ」

「そうか、分かった。ならばもっていきな。しかし、その金を手に入れたとしても、あんたらは使う前にみんなあの世行きとなるよ。ああ、これは幕府に納める御用金だからな」

「なんだと？」

幕府の御用金と聞いて、頭目は怯《ひる》んだようだ。

腰の引けた相手に、すかさず千九郎は口で攻める。

「見たとこ、たったの十三人。幕府の馬廻り役が、あんたらの相手になるけど、それでいいのかい？」

幕府の馬廻り役とは、将軍警護の一団である。

「この警護の五人は、幕府から回されたお方たちだ。本気を出せば、あんたら十三人くらい、一人で討ち果たすことができるほどの剣豪ぞろいだ」

千九郎のはったりに、頭目の体が一歩引くのが見えた。

「吉村《よしむら》さん、一丁お相手して差し上げたらいかがですか？」

警護役の一人に、千九郎が話しかけた。

「拙者がか？」

五人対七人で、実力がきっ抗していたのだ。とても一人で十三人を相手では、気が引ける。

「いかがです、この十三人を相手にしてみたら。ちょうどよい、剣術修練になるのでは？」

千九郎の意図が吉村に伝わったようだ。ここで引いたら相手につけ込まれると、吉村は進み出た。

「斬ってもよろしいかな？」

「むろんです。こんな輩は、世の中から一人でも減ったほうがありがたい。思う存分、討ち果たしてください」

「かしこまった。先ほどは遠慮をしていたが、事情が変わったようだ」

吉村は懐から長い紐と短い紐を取り出すと、長い紐を襷《たすき》にかけた。短いのは、額に巻く鉢金《はちがね》であった。

いざというときの戦闘のために、警備役はいつも懐にしまってある。

襷と鉢金をキリリとしめて、戦う準備は整った。

「うしろにいる野盗どもも、前に出てこい」

吉村が、後部にいる野盗の仲間に声をかけた。

千九郎たちは高みの見物とばかり、大八車に腰をかけ十三人対一人の戦いを見守ることにした。

「どうだ、かかってこんのか？」

刀を正眼に置き、切っ先は頭目に向いている。度胸が据われば、全身から精気が漲《みなぎ》る。吉村の気迫に、怖じけたのは頭目のほうであった。

「……引け」

頭目の、手下に命じる声は小さかった。

「お頭、今なんと言いましたので？」

「引けと言ったのだ。おい、ここはいったん引き揚げるぞ」

十三人が、脇の藪に入ると姿が見えなくなった。

「さて、行きましょう」

千九郎が一行を促すと、吉村の腰が立たないでいる。

「さすが、十三人を前にしたら足が竦《すく》んだぞ」

口では強がりを言ったものの、吉村の足は竦んでいたのであった。

四

なんとか無事に、五千両を上屋敷に移すことができた。

そして翌日となり、夕七ツに忠介は千九郎を伴って浅草茶屋町の料亭花月へと赴いた。

「福松屋さまはもういらっしゃってます。こちらにどうぞ」

女将《おかみ》に案内され、奥の座敷へと向かう。

「お連れさまがおみえになりました」

「どうぞ、お入りになってください」

女将が襖越しに声をかけると、商人らしい柔和な声が返ってきた。

襖が開いて、忠介と千九郎は中へと入った。

座敷にはすでに、二人分の膳が用意されている。

「おや、こちらの方は？」

下座に座っている富三郎が、千九郎の顔を見やった。相変わらず目尻が下がって、人懐こい顔をしている。

「手前どもの大番頭で、千九郎といいます」

「ずいぶんとお若い大番頭さんですな」

「ええ。若いですがかなりの切れ者でして、とろろごぜんもこの千九郎が思いついたもので、すべてを任せております」

「ほう、左様でしたか」

言いながら千九郎に向いた富三郎の目が、一瞬キラリと光ったのを忠介は見逃さなかった。

――あの目配りは、やはり怪しい臭いがするな。

あらためて、忠介は得心をする。

「はじめまして、千九郎と申します。よろしくお願いいたします」

畳に手をつき、千九郎が型どおりの挨拶を済ませる。

「そうだ、千九郎さんとやらの料理を用意していなかった。お一人で来るものと思ってまして、申しわけない。女将、大至急整えてくれ」

富三郎の顔は、すでにいつもの柔和なものに戻っている。部屋の隅に残っていた女将に話しかけた。

「かしこまりました。今すぐお運びいたします」

女将が去って、部屋は三人となった。床の間を背にする上座に、忠介と千九郎が並んで座る。

「失敬をいたしましたな」

「いや。やはり大事な商いの話ですので、大番頭にもいてもらおうと……」

「それは当然のこと。そうなりますと、先日の話は……？」

よいほうに進んでいるのだろうと、富三郎の目尻がさらに下がった。

「当方でも、一口乗せていただこうかと決めてまいりました」

忠介の答に、富三郎が大きくうなずく。

「左様でしたか、それはありがたい。内心は手前もハラハラしていたのです。もし、断られたら、非常に残念だと言わざるをえませんでしたからな。手前としては、どうしてもあのとき助けられた恩人である鳥山屋さんに乗っていただきたかった。本当に、よかったです」

心の底から安堵したような、富三郎の語りであった。

――この役者めが。

肚《はら》で思って、顔で笑う忠介であった。

「そうだ、図面をお見せするのでしたな。料理を食す前に、これをご覧になってください」

と言って、富三郎は傍《かたわ》らに置いた風呂敷包みを解いた。

中から蛇腹に折られた、紙が出てきた。広げると長さ三尺、幅二尺もある大きな紙であった。

お互いの前には膳が置かれている。そこでは広げられず、空いている畳のほうに三人は移った。座蒲団を敷かず、畳に直に座る。

畳の上に、紙が広げられた。そこには、大きな船の図が書かれている。図面というよりは、浮世絵の下図のような筆の運びであった。壁にでも飾っておくような絵であった。

波間に浮かぶ、二艘の船が描かれている。

船の寸法は一切記されていない。代わりに、大型船の横に小さく弁才船が画《か》かれてある。船の大きさを比較しているようだ。

「どうです。隣に画かれた船は、千石の北前船です。大きさを比べてみれば分かるでしょう」

自慢げに富三郎は語る。大型船は、北前船より三倍ほどの大きさで画かれていた。

「なにせ、舳先《へさき》から艫《とも》までの長さは三十五間もありますからな」

三十五間の船がどのくらいか想像してみるが、なかなか思い浮かばない。

「千石船でもせいぜい十二、三間しかありませんからな。それでも、船としては大きいほうだ」

口で説かれれば、ある程度は思い浮かべることができる。

忠介と千九郎はさも得心したように、大きくうなずいて見せた。

「よろしいでしょうか？」

そこに、襖越しに女将の声がかかった。

「ちょっと、待ってくれ」

慌てた仕草で、富三郎が絵図を折り畳む。

「これは、誰にも見せられないものですからな」

三人は元の位置に座り直すと、富三郎が女将を呼んだ。

「もう、入ってよいぞ」

千九郎の分の、膳が置かれた。

まずは一献と、富三郎が銚子の先を向けて、杯のやり取りとなった。

料理に舌鼓を打ちながらの話となった。

「いかがです、もの凄い船でございましょう。形といい、大きさといい……」

「左様ですな。ところで不思議に思ったのですが、絵に画かれた船には帆が張ってなかったのはどういうことで？」

忠介が問うた。

「さすがに鳥山屋のご主人。よいところにお気づきなされた。と申しますのは、あの船は帆を掲げて動くものではないのです。そこが、今までの船とは違うところでして。帆がないといっても、手漕ぎではありませんぞ」

ここぞとばかり、富三郎は身を乗り出した。

「あの船を動かすのは風の力ではなく、湯を沸かして動かすのですな」

「湯を沸かす？」

「左様。湯を沸かすと、湯気が出る。その湯気を動かす力に変えるのです。それはもの凄い力に変わるそうです」

湯気でものを動かすなど、聞いたことがない。

蘊蓄《うんちく》を説かれても、さっぱり理解することができない。忠介と千九郎の憮然とした顔が富三郎に向いた。

「とにかく、南蛮《なんばん》渡来の技術を取り入れて造るそうです。それで動かせば、どんな逆風でも、海の流れが反対でも、そしてどんなに海が時化《しけ》であっても船はどんどん前に進むということです」

「なるほど……」

忠介の、得心したような相槌があった。

千九郎は、二人の会話のやり取りを黙って聞くだけであった。

「荷物を大量に、かつ安全に届けることができる。そんな船ができないものかというのが、荷主や海運業者の悲願だったのです。一艘七万両とは安いものでしょう、いかがです鳥山屋さん？」

言いながら富三郎は、銚子を差し出す。

「まったくもって……」

杯を掲げて、忠介は富三郎の酌を受けた。

「ところで、もう一つだけ訊きたいことがあるのですが、よろしいですかな？」

「どうぞどうぞ。この際ですから、分からないところがございましたら、なんなりとお訊きください」

「それほどの大型船、よく幕府の許しを得られましたな」

造船は、幕府の規制の対象であった。最大の大きさが決められ、それ以上の船は許しがなくては造れないことになっている。大名の謀反を防ぐための、幕府の政策であった。

「よくお訊きくだされた」

この問いにも、待ってましたとばかりに富三郎の体がせり出す。

「それでしたら、先日も申しましたとおり、幕閣にあと押しいただいてますので、なんらの憂いもありません。名は申せませんが、かなりのお偉方であるのは……それだけでは、漠然として得心がいかぬでしょう。でしたら、ここまで話すことにいたします。それは、ご老中のお一人でございます」

老中と聞いて、忠介の脳裏に浮かんだのは、筆頭老中水野《みずの》忠成《ただあきら》と本家筋の小久保忠真の顔であった。ほかに松平大給《まつだいらおぎゅう》乗寛《のりひろ》と松平周防守《すおうのかみ》康任《やすとう》がいる。

「ご老中とはいったいどなた様で?」

「鳥山屋さんのご主人が、どんなに逆立ちしてもお目にかかることができないほどの、お偉いお方であります。そのお方と、われわれは伝手《つて》がございまして、ですがお名までは……」

言えないと、首を振る。

「左様ですか。ですが、それが分かりませんと一万両は出せませんな」

「ならば、ここだけの秘密に。そのお大名というのは、小田原藩の小久保様……」

声音を小さくして、富三郎は言い切った。どうせ、話はそこまで飛ばないだろうと高を括ったようだ。

これで完全に騙りであることがはっきりとした。忠介の問いは、その駄目押しでもあったのだ。

「なるほど、それは頼もしい限り。充分、納得いたしましたぞ」

――殿の身分を知ったら、腰を抜かすだろうな。

話を聞いていて、千九郎は下を向いてほくそ笑んだ。

「それでは、ご得心がいただけましたかな」

大黒様のような、福よかな表情を浮かべて富三郎が言った。

五

忠介と福松屋富三郎の話は、おおよそ整った。

「たしかに、凄い船だというのは承知いたしました。これで、なんの憂いごともなく、この船に一万両をつぎ込むことができます」

残る話は、金の決済である。

「いつお持ちしたら、よろしいですかな？」

忠介のほうから、問うた。

「もう、ご用意していただけましたので？」

「ええ。あとは運ぶだけとなっております」

「ならば、当方より明日にでも取りにまいります」

上屋敷に来られてもまずい。

「いえ、そこまでしていただくことはありません。こちらから運びますので、どうぞ場所を教えてくだされ」

忠介の申し出に、富三郎の困惑した顔となった。取りにうかがうと言えば、大抵はありがたがるものだ。

「いえ、こちらから赴きます。この物騒な世の中、いつどこでよからぬ輩に狙われるとも限りませんからな。当方では、そのために屈強な用心棒を雇い警護を万全にしておりますので……」

相手を上屋敷に来させることはできない。下屋敷にも然りである。

「手前どもでも、すでに手練の用心棒についてもらおうと、十人ばかり用意しました」

忠介が負けずに応酬をする。

「いや、こちらでは十三人の手練の者たちで一万両を守ります。どうか、ご安心を」

両者とも、こちらから取りに行くと言い張り譲らない。

「ならば、こうしましょう。福松屋さんがよろしいというところまで、当方で運びましょう」

「なるほど。手前どもがそこまで取りに行けば、双方丸く収まりすな。さすが鳥山屋のご主人、よい手立てを思いつくものだ」

こんな世辞は、忠介にしてはくすぐったいだけだ。しかも、笑い顔で言われては尚更でもあった。

「それでしたら、手前どもが望むところでよろしいですかな？」

富三郎が問うた。

「ええ、よろしいですとも」

忠介が、大きくうなずいて答えた。

「でしたら、明日の正午《ひる》……」

「いや、ちょっと待ってください。明日は大事な用事がありますので、明後日《あさって》にしていただきたいが……」

忠介の要望に、一瞬富三郎の顔が曇りをもった。だが、すぐに笑顔に戻す。

「かしこまりました。ご事情もおありでしょうから、明後日の正午ということで」

すんなりと忠介の望みを、富三郎は受け入れた。

「でしたら、吾妻橋の下流に竹町の渡し跡の桟橋があります。そちらにお運びいただけませんか。そこで、引渡しということで」

「かしこまりました」

忠介が、同意をした。

舟で一万両を運ぶらしいが、その先の行き着く場所はとうとう語らずじまいであった。

そのときの場合にと、手は打ってあった。

「さあ、話はこれまでですな。料理が冷めてしまいました。まずは、一献……」

富三郎が差し出す酌を、忠介は受け取らない。

「その前に、もう一つ重要なことが……」

「なんでございましょう？」

「一万両という大枚をお渡しするのです。口約束というのもなんでございましょう」

「おう、左様でした。一番肝心なことでございましたな。取り決めの約定を交わさないといけませんでした。さすが鳥山屋のご主人、よくお気がつくお方だ」

「何か、そのようなものは用意していただいているのですかな？」

「むろんです。最初にそれをお見せせねばならなかった。手前の迂闊《うかつ》でございました」

交わす約定書は、船の図面の下に用意されていた。

結わった風呂敷包みを、富三郎は再び開いた。草紙紙《そうしがみ》のような薄い紙が、二枚重ねられている。

読むと同じ内容であった。

「双方が、一枚ずつもち合うものでして……」

すでに、二枚とも福松屋富三郎の名が記され、捺印されている。丸い印鑑の横にも角印が捺してあり、取り交わしの約定書としての威厳を示していた。

忠介は一枚を自分で読み、もう一枚を千九郎に渡した。

一枚を、最後まで読み終えると交換し、同じ文章を辿った。

「同じ文言が書かれてます。間違いがございません」

千九郎が、初めて言葉を出した。

「よく、おたしかめいただきましたかな？」

大事な約走書である。ときをかけて読んだ二人に、富三郎は細い目を、さらに目を細めて言った。

「ご納得いただけましたら、そちら様もご署名と捺印をお願いしたい」

「かしこまりました」

言って忠介は、持参した矢立てを取り出した。

福松屋富三郎の脇に、鳥山屋忠介と記す。

「大番頭さん、判子《はんこ》」

「まことに申しわけございません。生憎と、印までは持参しておりませんでした。手前としたことが申しわけございません」

千九郎が、土下座をして謝る。

二枚とももち帰り、印を捺して金の引渡しのときに約定書を渡すということで、折り合いがついた。

「これで、万々歳ですな。あとは一万両を受け取れば二、三か月後には四万両にしてお返しする。どうぞそれまで、お楽しみにしてお待ちくださいませ」

これまでにないほどの満面の笑みを晒して、富三郎が言った。そして、料理も途中だというのに、腰を浮かした。

「それでは、手前は急ぐ用事がございますので、これで失礼をさせていただきます。よろしければ、どうぞごゆっくりお料理を楽しんでいってください。お勘定は、ご心配なく……」

そう言って立ち上がると、富三郎はそそくさとした足取りで部屋から去っていった。

富三郎が去ったあと、間もなくして忠介も立ち上がった。

「千九郎、帰るぜ」

たいしてうまくもない料理である。用事が済めば、いつまでいたって仕方がない。

そのとき千九郎は、料理には手をつけず二枚の約定書に目を向けていた。いい加減なものだと、千九郎は腹の立つ思いであった。

すでに暮六ツに近く、外に出ると西の空が茜《あかね》色に染まっていた。

上屋敷までの帰路、忠介と千九郎はほとんど無言で歩いた。真横には並ばず、半歩うしろに下がり、千九郎も身分の違いをわきまえている。

「千九郎……」

輿屋橋《こしやばし》で新堀川を渡り、阿部川町に来たところで忠介が首をうしろに回し、声をかけた。満足しているのか、上機嫌な顔が向く。

「はい」

「話しづれえから、横にこい」

二人は並ぶ形となった。

「どうだ、面白え話だったろ」

「ええ、まあ……」

千九郎にしては、見せ金の一万両のほうが心配だ。策を間違えば、取り返せないということも、考えられる。

千九郎が答に口ごもる。

「どうした？　あんまり浮かねえようだな」

「しくじったときのことが……」

「あんまり心配するな。それよりか、一万両を運ぶ手配をしっかりと頼んだぜ」

「かしこまりました。それにしましても、殿……」

「千九郎、外では殿と言うな？」

「はっ、申しわけありません。ところで、旦那さま……」

「なんでえ？」

「これで、騙りというのがはっきりとしましたね」

「ああ、まったくだ。よくも考えつきやがるぜ、本家の名まで出しやがって」

　このとき忠介は考えていた。

　本家の忠真は、どこから船の話を聞いたのかと。

　その本家である、小田原藩小久保忠真のところに、忠介は明日にでも訪ねるつもりであった。そのために、一日を空けたのであった。

六

　料亭『花月』を出た富三郎の足は、花川戸《はなかわど》の大川端《おおかわばた》にある船宿に向いた。

　大川端の桟橋で猪牙舟《ちょきぶね》に乗ると、舟は大川を横切り福井松平家の下屋敷の塀に沿うように、源森川へと入った。

　その先五町のところで、堀は北十間川《きたじっけんがわ》と名を変え東へと流れる。

猪牙舟は、北十間川には向かわず分流された大横川へと舳先《へさき》を曲げた。すぐに架かる橋が、業平橋である。

川の流れはゆっくりと南に向かう。

業平橋からおよそ十町も下ったところで、東西を流れる竪川《たてかわ》と交差する。北辻橋《きたつじばし》を潜り、猪牙舟は竪川へと入り舳先を西に向けた。そこから三町ばかりのところに、三之橋《さんのはし》が架かっている。富三郎は、その手前で猪牙舟を止めた。

南岸は、本所徳右衛門町《とくえもん》である。

富三郎は南側の桟橋で猪牙舟を降りると、三之橋を渡り北に足を向けた。

そこから、一町ほど歩き一軒の武家屋敷の前で足を止めた。

屋敷は、武家屋敷が並ぶ静寂な町並みの一角にあった。

敷地は二百坪ほどであろうか、並の身分の武士が住まう趣《おもむき》の家であった。

門は、瓦《かわら》屋根の載った冠木門《かぶきもん》である。観音扉の正門は閉まり、富三郎は脇にある切戸《きりど》を開けて屋敷の中へと入った。

玄関までは五間ほどある。その中ほどに、柿の木が一本立っていた。

熟しきった赤い実が、まだいくつか枝にぶらさがっている。柿の葉は八分方落ち、樹に残るのは黄色や赤に変色している。

「甘そうな柿も、食えば渋いか」

玄関までの石畳を歩き、富三郎はふと呟いた。

下男に案内され、富三郎は家の主《あるじ》のいる居間の前に立った。

「富三郎様がいらっしゃいました」

襖越しに、下男が声を通す。

「そうか、入れ」

襖が開き、富三郎は部屋の中へと足を踏み入れた。

文机《ふづくえ》に体を向けて、主らしき男が座っている。何やら、書きものをしているらしい。

「まあ、いいからそこに座れ」

袷《あわせ》の小袖に、海老《えび》色の袖なしの羽織を纏い背中を向けたまま、富三郎に言った。

「はっ」

富三郎は畳に正座し、家の主が振り向くのを待った。やがて、書きものを終えると筆を硯《すずり》に置いて主の顔が向いた。

富三郎の、いつも笑っているような柔和な顔とくらべ、男の目つきは鋭く精悍な顔立ちであった。齢《よわい》は四十前後か、働き盛りの精気が漲《みなぎ》っている。

「ご苦労であったな」

労《ねぎら》う言葉であったが、表情に笑みはない。

「はっ……」

射抜くような鋭い眼差しに、富三郎は一瞬肩を震わせ竦《すく》みを見せた。顔から、いつもの柔和な笑みは消え、怯えが宿るような、複雑な表情となった。

「して、首尾はどうだった？」

「はっ。手はずは万全で、明後日の正午《ひる》に、大川は竹町の渡し跡の桟橋で、一万両を受け取ることになっております」

「そうか。それにしても、一万両なんて容易《たやす》く作れるものだのう」

ようやく男の顔が和んだ。

「ご家老様、容易くなどとおっしゃいますのは……」

富三郎からご家老と呼ばれたこの男は、ある家中の重鎮で、名を和倉十四郎《わくらじゅうしろう》といった。

だが、先日花月で錣頭巾に顔を隠した武士とは、声の質がまったく異なる。

この屋敷は、和倉が個人で所有し、隠れ家とする別宅であった。

「あることないこと話を作り、他人を騙すというのは容易なことではありませんぞ」

富三郎の言葉に、鋭かった和倉の顔が穏やかなものとなった。

「そうであったな。それにしても、この話に福松屋、いや川口屋がよく尽くしてくれた。この和倉、礼を言うぞ」

和倉十四郎が頭を下げた。

富三郎が、忠介の前で使っていた福松屋というのは、策謀のための偽名であった。

「はっ、礼などと……。いつもお世話になっているご家老様の頼みとあらば、一役も二役も買わせていただきます」

「これで、わが藩も窮地を乗り越え、一息つける」

「手前どもも、お貸ししていた六千両を全額返していただけるということで、本当に助かります」

「お互いが、万々歳ということだの」

「まったくで、ございまする」

柔和な顔をして応える富三郎の肚《はら》の中は、言葉とは違っていた。

――貸した金さえ返してもらえれば、こんな貧乏藩とは、早いところ縁切りをしたい。

六千両全額というところに、富三郎の思いが込められていた。

「これからも、よろしく頼むぞ。川口屋だけが頼りだからの」

「かしこまりました」

富三郎の、気持ちとは裏腹の返す言葉には覇気がない。

「ところで、このことは絶対に殿には内密にな」

「それは重々心得ております。手前の口からは、絶対に申しません。自分の立場を悪くするだけですから」

「左様であったな。こんなことをしているのを、殿が知ったらわしも腹を切らねばならん」

主君には内密での、策謀であった。

「お家を思ってのこと。これこそ忠義と申せます」

「川口屋も、そう思うか？」

「はい。そこで、この企てをお互いが口にしなければ、すべては闇の中に消え去ります。明後日までの、ご辛抱でございます」

「明日は殿は留守なので、明後日の朝一番で会って、金策が叶ったことだけを伝えることにしよう」

「どうやって、一万両を作ったかと訊かれませんでしょうか？」

「それは、おぬしと口裏を合わせればよかろう」

「では、米相場で儲けたことにしておけばいかがでしょうか?」

「それがよかろう。相場というのは一発当てれば、それほどの儲けが出るもの。おぬしの指導のもとで、相場を張ったことにしておく」

「お殿様も、さぞかしお喜びになりますでしょう」

互いが、笑い合う顔となった。

「それでは、手前はこれで。明後日、六千両は返していただき、四千両をこちらに届けますので……」

言いながら富三郎は、腰をあげようとする。

「ちょっと待て、川口屋」

和倉の引き止めに、富三郎の心の臓がドキリと一つ高鳴った。

「何かございまして?」

まだ注文があるのかと、いやな予感が脳裏をよぎる。

「一万両を運ぶに、手はずは整っておるのか?」

「はい。向こうの御前様が護衛で五人ほど手練の方をつけてくださいますので、ご安心して金の到着をお待ちください」

「左様か。ならば、当方からも五人つけようではないか」

「いや、それは……」

富三郎が、拒んだ。額からは、汗が流れ出している。

「どうして、拒むことがある。護衛は大勢いるほど、守りは磐石《ばんじゃく》になるというものだ」

和倉の当然の道理に、富三郎は承諾せざるをえない。

「それでは、向こうの御前様に話してそうさせていただきます」

「よろしく、頼むぞ。なにせ、この話をもちかけてくれたのは、向こうだからな」

明後日、和倉が手配する護衛たちと落ち合う手はずを決めて、富三郎は屋敷をあとにした。


翌々日の朝、五ツ。

この日は、朝から気温が上がり季節外れの生温かい雨が降っていた。小雨といわれるほどの降りかたである。

普段、和倉十四郎は藩の江戸家敷に住んでいる。

三之橋から南に二町ほどのところに、その上屋敷はあった。

所領が一万石の小藩だからか、他の大名屋敷から比べると、建屋の大きさや敷地の広さなどで見劣りがする。

和倉は主殿に赴くと、さっそく主君に目通りをした。

御座の間で待つことしばらくして、三十歳にもなろうかという若い藩主が、小姓もつけずに入ってきた。

——おや？

拝礼をして、面を上げた和倉は訝しく思った。

本来ならば、太刀持ちを務める小姓がついているはずだ。

小姓がいれば、人払いをする手はずであった。

「殿には、ご機嫌麗《うるわ》しゅう……」

高座に座る藩主に向けて、和倉は型どおりの挨拶をした。

「余も、和倉に話があった。ちょうどよい……」

朝から機嫌のよさそうな主君の様子に触れ、和倉の強面《こわもて》の顔が緩《ゆる》みをもった。お家の窮地に、ここのところずっと不機嫌な藩主であった。その顔が、晴れ晴れとしている。

「して、朝早くから何用ぞ？　先にそちの話から聞こうかのう」

声音も、弾んでいる。

「はっ。殿、お喜びくださいませ」

「ほう、喜べとな。そうすると、和倉のほうにもよい話があるというのか？」

藩主が身を乗り出して、訊いた。

「はっ。お家を救うべく、一万両が手に入ります」

和倉が一気に言い放った。

「なんと！　余もその話ぞ」

「殿も、金策の手立てを講じておられたのですか？」

「そうだ。余のほうも、一万両を作ることができた。もっとも、こちらは二千五百両の元金を出したがの」

「二千五百両ですか？」

「和倉には黙っていてすまなかった。余も藩主とあらば、自らの算段でもってことを成し遂げたかったのよ」

「左様でございましたか。家臣が不甲斐ないゆえ、殿自ら……」

おいたわしいと、和倉は畳に伏して詫びた。

「止められると思っての、内緒にしておったのだ」

互いが内密の、金策であった。

「ところで、二千五百両という財はもうお出しになりましたので？」

「ああ、すでに相手に渡してある。余の判断でな。それが、一万両となって返ってくるのだ」

「二千五百両が一万両になると申しますのは、どんな話なのですか？」

「いや、いくらそちといえど、それは言えない」

「言えないとおっしゃられますが、その話は……」

胡散臭いと言おうとして、和倉は止めた。主君に向ける言葉ではないと思ったからだ。

「この話は、ある藩の大名から出た話で信頼のおけるものだ。余のところと、ほかにもう一人の大名が加わっている。もし、万が一にも話がご破算になっても、その藩がすべてを肩代わりしてくれるとの約束を取りつけてある。利がなくなるのは忍びないが、最悪でも元金の二千五百両は返ることになっている」

「左様ですか。殿のご苦労、まったく痛みいります。もうこの和倉、何も申しません。殿の、ご随意になされたらよろしゅうございましょう」

「和倉に賛同してもらってありがたい。相談もせずに、藩のなけなしの金を出してしまった」

「いや、とんでもございませぬ。よくぞと、申したいところでございます。うまくことが運び一万両となって返れば、身共のほうと合わせて二万両の財となります。それだけございますれば、お家は安泰というもの」

このとき和倉には、富三郎に六千両を返すという頭はなかった。

「もっとも、余のほうが一万両になるのは二、三か月先になるがの」

「儲け話が、そう簡単に成せるわけはございません。ですが、身共のほうは今日、入る手はずとなっております る」

「なんと、今日にもか？」

「はっ。一万両が、わが屋敷に運び込まれます」

「どんな手はずで、そんな金を……？」

「詳しくは申せませんが、川口屋から資金を調達し米相場を張りましたところ、安値で買い高値で売り切ることができました。それで、一万両もの利が出たのです」

「ほう、米相場とな。余は、相場のことには疎いが、そんなに儲かるものならこれからも……」

「いや、それはなりませぬ。これは、お家の窮地を凌ぐため、万《ばん》やむを得ずに取った、たった一度だけの手段。それほどの儲けが出たのはたまたま運がよかったことでして、大方は、博奕《ばくち》と同じく大損をするのが常でありまする」

「左様か。さすが和倉、でかしたであるな」

江戸家老である和倉十四郎を褒め上げたのは、陸奥国黒石藩二代目藩主津軽順徳であった。

黒石藩津軽家の屋敷の中で、藩主と江戸家老の笑い声が重なる。

七

雨は、浅草界隈でも降っている。

刻は、正午《ひる》に近い。

小久保家上屋敷から、竹町の渡しまでは四半刻ほどだ。

ころを見計らい、金を運ぶ一行は上屋敷をあとにした。

小雨の中、人の通りがない裏門から外へと出る。

一行は総勢七人。忠介と千九郎、そして護衛の三人と大八車を牽く二人である。

護衛はみな手練の家臣を選び、屈強そうな浪人に扮装をしている。総髪の浪人髷は、つけ毛でもってそれらしくしてある。

荷車を牽く二人も人足風にしてあるが、これも家臣である。

全員網代笠《あじろがさ》を被り、蓑《みの》を体に纏って雨を凌いでいる。

大川端までは、浅草の町中を通る。真っ昼間、人通りの多いところで強奪はなかろうと、護衛は極力少人数とした。

正午を報せる鐘の音が、浅草寺のほうから聞こえてきた。

時の鐘と分かるように、早打ちが三つ先に鳴りそれから余韻が残る本撞きとなる。

本撞きが三つ目を鳴らしたところで、一万両を載せた荷車は、無事に浅草材木《ざいもく》町裏の大川の堤に来ていた。

竹町の渡し跡の桟橋を見下ろすと、高瀬舟《たかせぶね》とみられる大き目の川舟が停まっていた。

小雨であるが温かい気温に、水面は靄《もや》が立ち込め視界を悪くしている。

ぼんやりとであるが、堤から舟の様子がうかがえる。

舳先と艫に船頭が乗って、二人で漕ぐ舟であった。

舟漕ぎの二人を含めて、舟には十一人の人影があった。やはり、雨具を身につけ濡れるのを防いでいる。

雨中で網代笠を取り、堤に顔を向けて手を振る男がいる。

それが川口屋こと福松屋富三郎であるのを、忠介と千九郎は認めた。遠目でも、満面に笑みを浮かべているのがうかがえる。

浪人姿の八人は、護衛役の用心棒と分かる。

土手の下までは、荷車は下りられない。

「三人ばかり、手を貸してくださらんか」

忠介が、下に向けて声を投げると、言われたとおり三人の浪人侍が土手を上がってきた。

桟橋に下りる階段があるが、ところどころ朽ちている。滑るのに注意をしながら、忠介も千両箱を一つ担ぎ、総勢十人で一万両を桟橋へと下ろした。

「小判にして一万枚ありますので、たしかめてください」

「いや、鳥山屋さんを信頼してますから」

この場で一枚一枚勘定はできない。一箱だけ中身をたしかめると、富三郎はうなずきを返した。

「それで、約定書にご印は……？」

「用意してあります」

一枚は手元の控えである。千九郎は、油紙に包んだ約定書を手渡した。

富三郎が、濡れないように大事そうに開く。

「それで、よろしいですか？」

「たしかに……」

富三郎が中をたしかめ、商談は成立を見せた。

千両箱を舟に積み込み、最後に富三郎が乗った。

「それでは、これで……」

富三郎の言葉を合図に、二人の船頭が舟を動かす。一人は舳先に乗って手漕ぎの櫂《かい》を手繰《たぐ》り、もう一人は艫《ろ》で艪を漕ぐ。

二人の力が必要な、舟の大きさと荷の重みであった。

舟はよほど重いか、蛇行をしながら大川を遡《さかのぼ》る。

向こう岸がかすんで見える。そこでは、男女二人が乗った猪牙舟が高瀬舟の出立を待っていた。

「おい、動いたぞ」

「絶対に行き先を、突き止めてやる」

二人の意気込みが猪牙舟の船頭に伝わり、ゆっくりと舟が進み出した。つかず離れず、あとを追う。

二町ほどのところに吾妻橋が架かるのがぼんやりと見える。橋の手前で、高瀬舟の姿は靄で見えなくなった。

そのあとを、男女二人を乗せた猪牙舟が進む。それもやがて、靄の中へと隠れた。

そこまで、忠介と千九郎は大川の堤に立って見つめていた。

「あとは、小次郎と波乃が頼りだな」

「あの二人なら、うまくやってくれるでしょう。下屋敷で、報せを待っておりましょう」

忠介と千九郎の、騙《おとり》りを暴く賽《さい》が投げられた。

一万両という大金を囮としているのである。しくじりは許されない。小次郎と波乃が一行のあとを追って、行き着く先を見届けてくる。あとは、手勢をつけて乗り込み一網打尽とするのが、忠介と千九郎の手はずであった。

吾妻橋を潜った舟は、大川を横切り源森川へと入った。

そして、五町のところで大横川に入り業平橋を潜る。

そのときちょうど、蛇の目傘で雨を凌ぎ業平橋を渡る男がいた。

いつぞや、大横川の土左衛門を見やった、小久保家家臣の大原吉之助であった。押上村から戻るところであった。

橋の中ほどでふと、川面に目をやり呟く。

「この雨の中、一艘の舟にあんなに乗ってら」

川遊びにしては、酔狂である。

総人数十一人が乗る川舟が、吉之助の印象に残った。舟の胴間に積まれた荷には、菰《こも》が被せられ中は知れない。

吉之助はそれを気にすることなく、業平橋を渡り下屋敷へと向かった。

西側に、吉之助が渡りきったところで、源森川から大横川に入る一艘の猪牙舟があった。

それには二人乗っている。二人とも、若い男と女であった。

舟遊びでもって、逢引をしている男女だとしたら、雨の中を酔狂だといわざるを得ないが、そんな艶っぽい様子ではない。

千九郎配下の宮本小次郎と波乃が、遠く先を行く舟を見失わないように、前を見やっていた。

天候の悪さに、ほかに川面に浮かぶ舟はない。

大横川は真っ直ぐ掘られた運河であるが、雨で見通しが利かない。遠目が利く二人でも、靄が視界をぼんやりとさせる。

舟の姿を認められるのは、半町が限度であった。

舟で半町は近づきすぎだ。相手から気づかれる恐れがある。しかし、離れては見失う恐れがある。小次郎と波乃が乗った舟は、ぎりぎり半町の隔たりを保って進んだ。

「どこまで行くのかしら？」

波乃が小次郎に問うた。むろん、訊かれても小次郎に分かるはずがない。

「はてな」

大横川に入り、およそ八町進んだところに法恩寺橋が架かる。

橋を潜り、さらに半町ほど先の舟が進んだところであった。

「あっ、停まった」

「船頭さん、停まってくれ」

小次郎と波乃が乗る舟は、ちょうど橋の下にあった。橋脚に舟を隠すようにして、先の舟を見やった。

「あっ、こっちを見ている」

気づかれたかもしれないと、二人は咄嗟に反対側を向いた。

先の舟の様子である。

「このあたりでよかろう」

浪人に扮した男の一人が、法恩寺橋を潜ると船頭の櫂と櫓を漕ぐ手を止めさせた。

「あたりに人がいないか、よくたしかめろ」

一人が命令口調で、配下を促す。

左右の土手や橋の上を、船頭たちも一緒になって人の気配をたしかめる。

それを富三郎は、訝しげな顔をして見やっていた。

「橋の下に、人が乗った舟が停まってます」

「魚釣りでもしておるのか？　雨天の日は釣れるというからの」

橋の下を通ったときには、誰も釣りをしている舟が停まっていたとは気づかなかったという。それが、尾《つ》けてきた舟だと思う者は誰もいない。

「あそこからだと、見られますな」

「よし、もう少し先に進むぞ」

さらに一町半も漕ぐと、法恩寺橋は靄の中に隠れた。

「土手の上にも、人影はありません」

「ちょうどよい、雨天日和《びより》であるな」

警護侍たちの話に、富三郎の笑う顔が引きつっている。

二人が小刀を抜いた。

舟は停まらず、先に進む。

二人の船頭は目を背け一心不乱で舟を漕ぐ。

ここまでくれば、そこで何が起きるかはいやでも富三郎は想像ができる。

「命だけは……」

富三郎が、命乞いをした。天を向き、涙と雨が温和な顔を濡らす。

「こやつ、声では泣いているが、顔は笑っておるぞ。ふざけた奴だ」

普段であっても柔和な顔が、このときばかりは仇《あだ》となった。

「一気に、やれ」

左右の腕を二人に取られ、抗《あらが》うことのできない富三郎の腹に、二本の小刀がグサリと突き刺さった。

腹を抉《えぐ》られ、即座に息が絶える。

「川に放り込め」

屍《しかばね》となった富三郎の体は、大横川の藻屑となった。

その間、寸時であった。

ちょうどそのとき、川は引き潮と重なった。

江戸湾の潮が引ければ、川の流れも速くなる。

大横川の深みに放り出された富三郎の体は、そのまま流れに乗った。

同時に舟の速度も増す。

「見ろ、舟よりも速く流されて行くぞ」

土手の東岸は、弘前《ひろさき》藩津軽家の下屋敷である。

黒石藩は、そこから分家され一万石の所領を担っていた。いわば、黒石藩の本家筋である。


法恩寺橋の下にいた小次郎と波乃は、先の舟が再び動いたのを知って、慌てて船頭を動かした。

二町先であった惨劇は、小次郎と波乃の目には入っていない。それどころか、先の舟を見失った。

「しまった」

「どこまで行っても、舟は見当たりませんね」

小次郎と波乃が、臍《ほぞ》を嚙む思いで言った。

やがて二人を乗せた舟は、北辻橋を潜り竪川と交差する場所へと来た。

「どっちに行った？」

交差の中ほどに舟を停め、竪川の左右を見るも半町先しか見渡せない。

「もっと先に行ってみましょうか？」

波乃に促され、舟は大横川を下った。

引き潮に乗って、舟の進みが速くなっている。

竪川との交差から、さらに真っ直ぐ五町ほど下ったところに菊川橋が架かっている。

「おや？」

その橋脚に、人らしきものが引っかかっているのが波乃の目に入った。

「小次郎さん、あれ……」

「人のようだな。船頭さん、近づいてくれませんか」

「へえ……」

船頭は、艪で舵を取りながら、舳先を言われたほうに向けた。

左岸寄りの橋脚であった。

近づけば、水に浸かっていたのは男だと知れる。

橋桁に引っかかり、仰向けの状態で浮いている。商人の身形《みなり》であった。

「ああ、気味が悪い。この死体、笑ってる」

波乃が、顔を歪めながら言った。

目尻が垂れ、口元も緩んだ表情は、死んでも笑顔を絶やしていない。

はっきりと表情を見て取れるのは、息絶えてからさほどときが経っていないことを示す。

小次郎と波乃は、ことのしくじりに顔面が蒼白となった。

第三章　欲ずくの共演

一

小次郎は、遺体を前にして考えた。

このままにしておくわけにはいかない。

その懐《ふところ》には、油紙に包まれた約定書があった。そこには、鳥山屋忠介の名が記されてある。これを人に見られたらまずいことになると、小次郎は自分の懐へと移した。

「波乃と船頭さん、手伝ってくれ」

遺体を、舟に乗せることにした。

「よしきた」

船頭は、千九郎のことをよく知る男であった。そして千九郎は、何があっても口を閉ざす堅い男であることを知って、この船頭を雇っていた。花川戸の大川沿いある船宿『舟江戸《ふなえど》』の若い衆《し》、銀太《ぎんた》であった。

いやいやながらも、波乃が手伝う。三人の手により、遺体は舟に乗せられた。

「どこに運びやす?」

「業平橋まで、戻ってくれませんか」

「へい」

舟は半回転して、舳先を上流に向けた。

引き潮の流れに逆らうので、進みは遅い。船頭銀太の、艪を漕ぐ腕が力瘤《ちからこぶ》で膨らんでいた。

業平橋の手前の土手に、遺体を下ろす。いく分茂みとなったところに隠して、人の目を避けた。

「船頭さん、ご苦労でした。このことは、絶対……」

「ええ。千九郎さんのためならば、あっしの口からはしゃべりやせんぜ。安心してくだせえ」

銀太は、千九郎と小久保家との関わりを知らない。下屋敷のことも、伏せてある。

宮本小次郎は、相場より三倍の舟賃を払い銀太を帰した。

波乃を土手に待たせ、下屋敷にいる忠介と千九郎のもとに、小次郎自らが報せをもたらせたのは、それから間もなくのことであった。

そのとき忠介と千九郎は、小次郎と波乃の報せを首を長くして待っていた。

千九郎は、下屋敷の長屋塀に、独りの部屋を与えられている。忠介は、御座の間にいてここにはいない。

誰の案内も通さずに、小次郎は千九郎の部屋へ入《はい》れる。

「千九郎さん……」

「早かったな、小次郎……」

戻りの早さと小次郎の様子に、千九郎の顔は歪みをもった。

小次郎の息が上がっている。そして、異様なほどに顔が引きつっている。

「何があった？」

尋常でない小次郎に向け、大声で問うた。

異変が起きたときこそ、冷静沈着になれ。これは、忠介からの教えであった。

「声がでかかったな。それで、どうした？」

声音を小さくして、問い直す。

「申しわけございません、しくじりました」

小次郎の声が震えている。

千九郎のこめかみには血管が浮き出て、今しがた思い浮かべた忠介の教えは頭の中から消え去り、冷静でいられるどころではない。

両者して、気が動転していてはどうにもならない。小次郎は、深く呼吸をして冷静を取り戻した。

尾けはじめてからの経緯を、順序を追って語った。

小次郎の話を聞いているうちに、千九郎の肩ががっくりと落ちていくのがうかがえる。

「……嗚呼《ああ》、一万両」

力が失せ、呆《ほう》けたような声音であった。

「千九郎さん、しっかりしてください」

小次郎から励まされても、千九郎は心ここにあらずと、呆然としたままだ。

「殿に、なんと言おうか……？」

忠介の、苦渋に満ちた顔が脳裏に浮かぶ。

「はぁー」

と一つ、千九郎が大きくため息を吐いたところであった。

「いるかい？」

入ってきたのは、忠介本人であった。

「殿……」

忠介が部屋に入ってくると同時に、小次郎は畳に頭を伏せた。千九郎の顔は呆然としたままだ。

「おい、どうした千九郎？」

尋常でない千九郎の様子に、忠介は開口一番問うた。

「申しわけありません」

言って千九郎は、畳に拝し額がめり込むほど床に押しつけた。

忠介は、青ざめた顔の小次郎にも一瞥をくれた。そして、問う。

「小次郎、しくじったか？」

「はっ」

小次郎が、畳に伏せた。

千九郎が我を取り戻すのを、忠介は気長に待った。

小次郎を仕切る、千九郎から話を聞き出す。その序列を、忠介は守った。

――人の上に立つ者、狼狽《ろうばい》を見せてはならぬ。

千九郎が語り出すまでに、忠介は自分自身を落ち着かせていた。

やがて、千九郎がか細い声で語り出す。

「申しわけございません。一万両が……」

「なんだと？　聞こえねえから、はっきりと順序よく話せ。千九郎らしくねえな」

「はっ」

忠介の叱咤に、千九郎の気持ちがいく分もち直す。

「福松屋富三郎が殺され、一万両がもち去られました。そうだな、小次郎」

「はい……」

小次郎は一言答え、さらに額を畳に押しつけた。

「そうだったか」

忠介のその落ち着き振りが、千九郎の口を流暢《りゅうちょう》にさせる。

小次郎から聞いた話を、順序を追って語った。

すでに富三郎の遺体が、大横川の土手に運び込まれたところまで聞いている。小次郎から聞いた話を、余すところなく千九郎は語った。

「おれが手を拱《こまね》いていたとでも思ってるのかい？」

「えっ？」

「小次郎と波乃が、しくじった場合のことも考えとかねえとな。そのぐれえしねえようじゃ、殿さま商売人としては失格だぜ」

「それじゃ、殿は……」

このときの、忠介の腹の中はまったく逆であった。動揺を見せてはならぬとの、苦肉の方便《ほうべん》であった。半分は、負け惜しみも入っている。

「すると、殿には下手人《げしゅにん》の心当たりが……？」

「そんなものはねえよ。ただな、千九郎。ときは、いくらでもある。二、三か月もあれば真相を明かすのに充分だろ。そのための、布石は打ってある。幸いにもしばらくは、津軽と南部からの催促はねえ。その間に、取り返してやろうぜ」

と言われれば、心も落ち着く。

「かしこまりました」

忠介の言葉に、千九郎も元気が戻ったようだ。

「小次郎も波乃と共に、なんとしてでも雪辱《せつじょく》を果たすんだぜ」

「はっ」

「小久保家の威信に賭けても、下手人をとっ捕まえてやれ。千九郎、頼んだぜ」

忠介の命《めい》が、皆野千九郎に下った。

二

みすみす一万両をもっていかれたなどと、大きな声では語れない。

そこは家臣たちにも、極力黙っていようということになった。そういうことで、この事件の解明に携わるのは忠介本人と千九郎、そして宮本小次郎と波乃の四人となる。

「もっと人数をかけてえけど仕方ねえだろ。こんなことが広まったら、おれが恥を掻くどころではねえ。津軽家、南部家と戦《いくさ》になるぜ」

忠介が、千九郎と小次郎に因果を含めて言った。

「くれぐれも、内密で動いてくれ。とくに、とろろごぜんの連中は口が軽いから、注意をしろよ」

「かしこまりました」

と返しても、千九郎には不安がつきまとっていた。

事件の解明に没頭すれば、動きからして必ず誰かが不審に思うだろう。そのときの対処を考えておかねばならない。

どこから探りを入れてよいものか。取っ掛かりがつかめない事件であった。

首謀者はすでに殺されているのだ。口を割らせる術《すべ》が閉ざされている。

糸口があるとすれば『福松屋富三郎』という名である。船に関わる斡旋業《とりもちゃ》ということだが、これは騙りで使った話である。名すら、まともなものとは思えない。

だが、実態がつかめないものの、手がかりはそれしかないと千九郎はそこから探ることにした。

「とにかく、福松屋富三郎ってのが誰だか探るんだな」

忠介も、千九郎と同じことを考えていた。

「とにかく、こんなところでぶっ座《つあ》り込んでても、埒《らち》は明かねえ。さっそく動こうじゃねえか」

この言葉で、千九郎は忠介の本当の心内を知った。

相手のことを見抜いていると言ったのは、忠介の方便であったのかと。

——本当は、何も知らなかったのだ。

だが、千九郎は不快な気にはならなかった。むしろ、忠介の言葉に励まされる思いであった。

——今、一番つらいのは、殿なのだ。

それをおくびにも出さず、強がりを言う。忠介のためにも、命を賭して事件を解明し、下手人を捕らえてやると千九郎は決意を固めた。

「十万両にして、返してもらおうぜ」

「はっ、必ず！」

意気込む忠介に、千九郎と小次郎の力強い返事がそろった。


ときを同じく黒石藩江戸家老の隠れ家では、和倉十四郎が部屋の中を落ち着かない様子で動き回っていた。

「遅いな……」

一万両の到着を、首を長くして待っていたのである。

本所入江町から聞こえる鐘の音が、昼八ツを報せて鳴っている。

正午に受け取れば、とっくに帰ってこなければならない。手はずが遅れたことも考えられるが、それにしても遅すぎる。

「何かあったか？」

和倉の脳裏に、言い知れぬ不安がよぎったところであった。

玄関の遣戸が開いて、ずぶ濡れとなった家臣たちが戻ってきた。

その数三人で、二人足りない。

一様に、疲れきった様子で、中には怪我をしている者もいる。

式台の上がり框《かまち》に立つ和倉と、一段下の三和土《たたき》に立つ家臣たち三人が向き合った。

「倉田《くらた》たちはどうした？」

三人しか戻らないのを、和倉は怪訝に思った。

「分かりません」

返事に、覇気がない。

「それよりも、一万両はどうした？」

しかも、みな手ぶらである。和倉にとっては、家臣よりもそちらのほうが大事だ。

「…………」

和倉の問いに、全員が顔を伏せて黙っている。

「黙っていては、分からんだろ。岡村《おかむら》、はっきりと申せ」

一行を率いていたのは、岡村という名の家臣であった。

「奪われました」

癇癪《かんしゃく》が弾ける和倉の声音に、岡村が蚊《か》が鳴くよりも、さらにか細い声で答えた。

「なんだと？　聞こえん、はっきりと言え」

「奪われました」

はっきりと口にし、言うと同時に岡村は頭を下げた。和倉の激怒が、頭の上を通り過ぎると思ったからだ。

「奪われただと？」

和倉の強面の形相は、鬼面のように化した。それも束の間、愕然としたか両膝が折れその場にへたり込んだ。

玄関の式台に、腰が砕けたようにへたる和倉に向けて、岡村が理由《わけ》を語る。

それを和倉は、呆然とした面持ちで聞いた。

「ご家老に指示されましたとおり、川口屋富三郎を始末し横川へ放り込みました。そこまでは手はずどおりだったのですが……」

語りの途中から、岡村は口ごもった。

「それからどうした？」

力ない口調で、和倉が話の先を促す。

「横川から、竪川に入ったところで……」

語るのがつらいか、岡村の話がぶつ切りとなる。

「竪川に入って、どうした？」

「前方から……身共としたことが、不甲斐ない」

涙声となって、とうとう岡村は語れなくなった。

「誰か、岡村の代わりに答えろ」

「はっ。それでは、それがしから話します」

「立花《たちばな》か。まったく上役であろうというのに、岡村では話がなさん、おぬしが語れ」

「竪川に入りましたところでいきなり……」

乗っていた舟の、倍もある大型の船が舳先をめがけて突っ込んできて、体当たりを喰らい、その衝撃でまずは船頭二人と、家臣三人が川の中へと放り出されたという。

「その船から十人ほど乗り込んできまして、こちらは抗う暇もなく、みな川の中に放り込まれました。一万両を積んだ舟が引かれて行くのを、身共は川の中から頭を出して見送るだけでした」

上司の岡村に代わり、その配下である立花という家臣が経緯を語った。

「向こうの護衛もか？」

「はっ、全員です」

「陸《おか》に着けたのは身共ら三人だけでして、ほかの者たちはどうなったか、分かりません」

　立花の話はここまでであった。

「殿の警護役であろうおぬしたちが、なす術《すべ》もなくしてやられるとは、まったく不甲斐ない奴らばかりだ」

　苦渋の嘆きが、和倉の口から漏れる。

「はい。すべてが咄嗟のことでして……」

　和倉の問いに答えたのは、岡村であった。

「刀を抜く暇もなく、してやられました」

「金を奪い取った奴らが誰なのか、分からんのだな？」

「もしや……」

「もしや、なんだ？」

　いらつきの込もる和倉の声音に、岡村が頭を下げながら言う。

「近ごろ界隈に出没する、『川賊《かわぞく》』の仕業《しわざ》ではないかと」

「山賊や海賊ってのは聞いたことがあるが、川賊ってのはなんだ？」

「はっ。これはと、狙いをつけた船荷を襲う野盗のことです。主に竪川や小名木川《おなぎがわ》などの堀川に出没し、この日のように、雨天や靄がかかり、土手の上から見通しの利かないときが賊の狙いなようでして。おそらく、それの仕業かと」

岡村の口が、にわかに流暢になった。

「ならば、川賊というのを捜し出せ」

「それが、まったく実態がつかめず……」

「他人《ひと》のものを奪ったなら、姿を隠すのはあたり前だろう。よいか、おぬしたちに託す。草の根分けても、その者たちをひっ捕らえろ。町方が捕らえる前にだ。そして、一万両を取り戻して来い。期限は十日だ。それができぬとあらば、全員……」

和倉は目を瞑《つむ》り、握り拳を腹にあてると左右に動かした。その所作が何を意味するかは、武士ならば知れる。

「はっ」

江戸家老和倉の厳命に、三人が三和土に跪《ひざまず》いて伏した。

三

小次郎と波乃に策をさずけ、富三郎の遺体を隠すことにした。

人の目に触れないうちに下男たちによって運ばれた富三郎の遺体は、下屋敷の片隅に置かれていた。

小次郎と波乃には、鳥山藩の家臣たちから問いが浴びせられる。

「なぜに、こんなものを運んできた？」

「はあ、それは……」

なんとも小次郎の、歯切れが悪い。

「それは、この男が大旦那様と関わりがあるらしいからです」

波乃が、それに答えた。

「大旦那様とは、殿のことか？」

下屋敷にいるのは、大方『とろろごぜん』の事業で遣わされた家臣たちである。藩主が大旦那であることは、みなが知っている。

「この男のどこが、殿……いや、大旦那様と関わりがあるのだ？」

「いえ、あたしたちに細かいことまで分かるはずがございません。ですが、千九郎さんからの命《めい》でこの男を追ってましたところ、横川の菊川橋あたりで何者かに襲われ、こんな始末に。ですから、遺体をそのままにしておいてはまずいと、こちらに運んだのです」

「なぜに、まずいと思ったのだ？」

家臣の問いに、波乃はこう答えた。

「万が一ですよ、この男の素性が分かり、大旦那様と関わりがあることが知れたらどうなると思われます？　真っ先に疑われるか、そうでないとしても奉行所の取調べがあるはずです。そうなると、鳥山藩主とばれて面倒くさいことになるでしょう」

そのくらいの道理が分からないかと、波乃は相手を卑下するような眼差しで見やった。

「なるほど……」

家臣の一人が得心し、ほかもそれに倣《なら》ったようだ。

「そんなんで、このことは絶対に他言はしないほうがよろしいですよ」

波乃の諫言《かんげん》に、家臣たちがそろってうなずく。富三郎の遺体は、さらに屋敷の奥へと運ばれた。

千九郎が、富三郎の遺体を見やる。

「たしかに、この男だ」

死んでも笑う顔に、千九郎は富三郎だとあらためて認めた。

その後千九郎は、下屋敷にいる家臣たちを一堂に集めた。

十五人ほどの家臣が集まり、千九郎が一人一人に嘆願するように説く。

「奥にある遺体のことは、絶対に外には漏らさないでください。波乃から聞いたと思いますが、このことが知れたらお家の一大事となります」

鳥山屋では大番頭であっても、士分では最下級だ。目の前にする家臣すべてが、千九郎には上輩にあたる。それゆえに、命令はすべてにおいて、嘆願口調であった。

「手前は今後、あの殺された男の事件に関わりますので、とろろごぜん屋のほうは、俵《たわら》さんにお任せしたいと存じます」

俵利二郎《とししじろう》は、千九郎よりも身分は数段格上であったが、商いにおいては下の位である。今は、番頭格といったところか。

俵は、ものごとを記憶する力が強く、言ったことを忘れずに相手に伝えることができる才能のもち主であった。千九郎の代わりとなって、とろろごぜん屋に携わる家臣を束ねるのにはうってつけな存在である。千九郎が、もっとも信頼をおく男でもあった。

家臣たちを集める前に、千九郎は俵と話し合った。

「——というわけで、俵さんの胸の内にしまっておいてください」

と、千九郎は忠介の許しを得て、あらかじめ俵だけにはことのあらましを告げてある。

俵にところごぜん屋を預け、千九郎は事件の真相解明に取り組むこととなった。

「それでは、これにて。あとは、よろしく……」

家臣たちに言い含め、その場は解散となった。

今後のことを話し合おうと、小次郎と波乃を連れて御用部屋に向かおうとしたとき、背中から声がかかった。

「ちょっと待ってください、千九郎さん」

止めたのは、大原吉之助であった。

「ああ、大原さん。どうかされましたか？」

昼はいつも、押上村にある養鶏場にいて下屋敷にはいないはずだ。それを千九郎は訝しがった。

「ちょっと、下屋敷《ここ》に用事がありまして」

千九郎の顔色を見て、吉之助がいいわけを言った。

「それはよろしいですが、何か……？」

「あの遺体、もしや一刻ほど前……」

「ちょっと、待って」

吉之助が何か知っていそうだ。

立ち話で聞くような話ではなかろう。それと、ほかの者の耳が気になる。千九郎は慌てて話を止めさせた。

「奥の部屋で、聞きましょう」

千九郎は自分の部屋に、吉之助を連れていった。

千九郎は、小次郎と波乃と共に吉之助の話を聞いた。

「一刻ほど前、大勢が乗った川舟に、あの男もいたようで……」

「えっ？」

吉之助の語り出しに、千九郎は体を前にせり出した。

「どこで大原さんは見たのですか？」

「押上から戻るとき、業平橋の上から。ちょうど、舟が橋の下を通るところだった。大きな川舟に、大勢……そう十人くらいは乗ってたかな」

その舟を、小次郎と波乃が尾けていたとは、あえて言わずにおいた。ただそれだけの話ならば分かっていることで、今さら吉之助から聞く必要もない。

さして期待もせずに、吉之助の話に耳を傾けた。

「なぜに、あの男が乗っていたと、橋の上から見て分かったのですか？」

吉之助の顔を立てるためと、千九郎は気を遣って問うた。

「浪人の形《なり》をした者たちの中に、一人だけ商人風の男が交じっていたので、水死体と聞いてもしやと思い……」

「あの遺体が、舟に乗っていた商人とよく分かりましたね。網代笠を被っていたようだし、橋の上からでは顔は見えなかったでしょう」

「着ているものが、同じに見えたから」

その男だけ、蓑を纏っていなかったという。

大川の土手の上で、千九郎も富三郎のその形《なり》を目にしている。

千九郎は、俄然吉之助の話に興を覚えた。

「詰め寄る千九郎のもの言いに、吉之助はたじろいだか、体がうしろに反った。

「見たのは、一瞬だったから。あとはよく覚えてないな」

首を傾げながら、吉之助は答えた。千九郎は落胆したか、両肩がガクリと落ちた。

「そういえば……」

呟くような吉之助の声音に、千九郎は気をもち直す。うな垂れた首を、もち上げた。

「そういえば、なんです？　気づいたことがあったら、なんでも言ってください」

「商人が被っていた網代笠だけ、色が違ってた。あとの者たちは、みなまったく同じ色だったな。船頭も……」

見たのは一瞬であっても、色とか形というのは頭の中に残るものだ。それと吉之助といえば、生《な》った柿の実を数える役職についていたくらいで、遠目が利く。その特技で、今は生んだ鶏の卵を目敏く見つける役についている。

千九郎は、金の受け渡しに気を取られ、そこまで気に留めていなかった。吉之助の記憶が大きな手がかりになるのを感じた。

警護の者たちが富三郎を殺して、一万両を奪ったのは間違いないと千九郎は取っている。警護のためにあちこちから浪人たちを雇い集めたのであれば、色が濃いのもあれば、淡い色のもある。同じ網代笠でもそれぞれ、色や形が変わっているのはあたり前だ。

「よしんば……」

千九郎が、腕を組みながら考えている。

「富三郎から笠を与えられていたとしたら、みなが同じ色や形であっても不思議ではないか。しかし、この日は今朝から雨が降っていた。こんなことのために、烏合《うごう》の衆が泊まりで一箇所に集まっていたとは考えられない」

　ぶつぶつと、呪文のような独り言が千九郎の口から漏れた。

「何を千九郎さんは、考えているのです？」

　千九郎の言っていることが聞き取れず、波乃が問うた。

「それはだな……」

　考えていたことを、千九郎ははっきりと口にした。

「自分たちは、遠目であったのでそこまでは気づきませんでした。なるほど……」

　小次郎が、うなずき返した。

「それだったら、富三郎も同じ色の笠を被っているのでは」

　波乃が、首を傾げながら言った。

「それも考えられる」

「あの男は、富三郎っていうので？」

　千九郎の言葉に、吉之助が問いを挟んだ。

「ええ、福松屋富三郎って名です。大原さんに、心覚えは……」

「いや、ないな」

　首を横に振って、吉之助は乗り出した体を引っ込めた。

「そうだ、船頭も同じ笠を被ってたってのは、おかしい」

波乃が、ポツリと口にする。それが、千九郎の耳にはっきりと聞こえた。

──船頭の二人も一味なのか？

千九郎の脳裏に浮かんだ、疑問であった。

「となると、警護の浪人たちも舟を漕いでいた二人も同じ穴から来たということか」

「同じ穴とは、どこ？」

波乃が問うた。

「いや、言い方が悪かった。穴ってのは場所ではなくてだな、同じ一味ってことだ。誰かの、配下ということも考えられる」

「ということは、親玉もいるってことで？」

「ああ、すべてはそこの筋書きってことかもしれん」

おぼろげながらも、千九郎には一本の線が見えたような気がした。しかし、その線の先っぽはぷっつりと途絶えている。

「線が、たどり着くところとは……？」

千九郎が、またも独り言を漏らしたところであった。

「ちょっと、待ってくれよ」

天井に顔を向け、吉之助が考えながら言った。

「どうかしましたか？」

「いや、待て。思い出してるのだ」

「何をです？」

千九郎の問いに、吉之助は「うーむ」と呻るだけだ。

「いや、思い出せない」

「だから、何をです？」

いらつく思いで、千九郎は問うた。武士としての身分は大原のほうが上なので、終始千九郎の口調は吉之助を敬うものであった。

「屋号みたいのが、あの男の笠に書いてあった。なんて、書いてあったか？　うーん」

再び吉之助は考え込んだ。

「福松屋と書かれていたのではないのですか？」

土手の上では、千九郎は気づかなかった。忠介も、そのことには触れていない。気にも留めていなかったことだ。

「いや、違う。それは、はっきりと言える。だが、一瞬目にしたのと、気にもしていなかったので覚えてない。そうだと知ってたら、よく見ておくのだった」

「それだけ分かれば……」

いや、充分ではない。やはり、覚えておいてもらいたかったと、途中で言葉を止め
千九郎の顔は歪みを見せた。

「ところで、いったい何があったのです？」

吉之助の問いに千九郎は少し考えたが、経緯を語ることにした。吉之助の記憶が、鍵を握っていると思ったからだ。

語りを聞いて、吉之助が驚いたのは言うまでもない。しかし、肝心なことを思い出すことはなかった。

四

福松屋でないとすれば、富三郎は屋号まで騙っている。

悪党であろうとも、人の子である。表沙汰にできないわけもあり、富三郎の遺体は鳥山藩のほうでねんごろに葬られ、遺体は蛇山に近い、妙縁寺《みようえんじ》に無縁仏として納められた。

富三郎の身元を調べるために、千九郎と小次郎と波乃の三人にもう一人が加わっていた。

大原吉之助に経緯を語った以上、手伝ってもらうほかはない。

一人でも多いほうがありがたいのと、吉之助には記憶の奥にかすかに残っているものを、引き出してもらいたかった。

養鶏場のほうは、吉之助一人が抜けてもまったく影響はない。仕事のほうでは、さして大事な存在ではなくなっていた。

吉之助も、卵の数ばかり勘定している毎日に、飽き飽きしていた。

喜んで引き受けると言ったものの、記憶は閉ざされたままであった。

福松屋富三郎の名を伝手《つて》にして、四人が手分けをして浅草から下谷にかけてあたってみたが、どこもみな左右に首を振って手がかりとなるものはなかった。

糸口がつかめないまま、三日が過ぎた。

その間、忠介も動いていた。

徳川十六神将に数えられる忠世《ただよ》を祖とした、小田原藩小久保本家の上屋敷は芝浜松《しばはままつ》町近くにあった。

この日忠介は忍びの乗り物で、小久保家七代藩主である忠真を訪れ面談をしている。

御客間で、人払いをして額をつき合わす。両者とも、いつにない渋い顔であった。

「……という次第で、まんまと一万両をせしめられました」

経緯の大筋を語り、忠介は話を置いた。

「忠介ともあろう者が、しくじったか。もっと、慎重な男と思っておったがの」

「まさか、富三郎という男が殺されるとは思ってもいませんでした。迂闊でした」

苦渋を押し殺す声音で、忠介が言う。

「せっかくことがうまく運び、もう少しで黒幕に辿りつくところでしたのに……」

「まあ、済んだことは仕方なかろう」

「富三郎という線が断ち切れ、また一から振り出しってことで。糸口が見つからず、千九郎たちも苦労をしております」

「一から振り出しか……」

忠真は、額に皺を増やしやるせなさそうな声音を漏らした。ふーっと一つ、ため息もまじる。

「それにしても、わしがうしろ盾だと騙って大金をせしめるとは大胆不敵な奴らだ。幕府の面目にかけても、絶対に捕まえんといかん」

悔恨込めて、忠真が言う。

「まったくもって。それと、一万両……いや、その数倍を奪還せねばなりません」

「欲は掻《か》くな、忠介」

「はっ、分かっております」

五十二歳になる忠真と、忠介は齢《とし》が十六も異なる。その貫禄に、忠介はいつもへりくだっていた。


富三郎の騙りを見破り、それをさらにたしかめるために、先日も忠真を訪れていた。

巨大船を造るにあたり、小久保忠真がうしろ盾についているとの件《くだり》があった。

花月で、富三郎と会った翌日のことである。あのとき忠介は、支払いを明後日とさせて、忠真との面談のときを作ったのだ。

忠介の語りを、驚く顔をして忠真は聞いていた。

「わしは、知らん。幕府では、巨大船を造る話など聞いたことがないぞ」

忠真は、大きく首を振ってそれを否定した。

「そんな話に乗ったら、老中は失脚どころかお家は断絶になるからの。老中の立場でもって謀反を疑われるような、そこまで馬鹿な真似はしない。だが、火のないところに煙は立たん」

「ご老中は前におっしゃっておりましたね。たしか、両替商の主が行方知れずになって、その主が大型の船がどうのこうの言っていたとか……」

「ああ、あのことか」

「それが、このたびのことと充分に関わりがあるのではないかと」

「なんだと？　すると、この話にわしを乗せて、誰かが糸を引いているってことか。そのような不届き者は、断じて許すわけにはいかん」

憤りを忠真が口にする。

「ならば明日、富三郎という男を捕まえましょうか？」

「いや、ちょっと待て。どうだ忠介、どうせなら騙された振りをせんか。せっかく一万両を作ったことだしのう」

「端《はな》からそのつもりで、こちらに来ました」

「なれど、その富三郎という男を捕まえたとて、闇の奥までは語りはせんだろ。ほかにも、同じ被害に遭っている者が必ずいるはずだ。こいつは、黒幕というのを捕まえんことには根絶やしにはできんぞ」

忠真の案に、忠介はためらいを見せた。

「ですが、その一万両の半分は他所から集めたもの。万が一のことがありますと……」

「その一万両は幕府が代わって支払う。老中であるわしを利用して騙る者を、そのままにはしておけんからの。それと、その者を捕らえたあかつきには、没収した財を謝礼として出そうではないか。そうすれば、殿さま商売人としての顔も立つだろ」

万が一、取り返せなかった場合のことを考え、忠介は手を打ったのだが、それ以上利益が取れるとあらば、もはや何も言うことはない。

「それにしても、忠介のところによくそんな話がもち込まれたものだな」

「まったくの偶然で、富三郎という男と知り合いました。鳥山屋という屋号が、それほど世間に通っているとは、身をもって知りました」

「大名とも、知らずにのう……」

そのときは、声を高くして忠真は笑ったものだ。

それから数日経った今、忠真は苦虫を嚙み潰したような顔をして忠介の話を聞いた。幕府で一万両を保証すると言った手前、忠真としてはあとには引けない思いがある。忠介としても、然《しか》り。ただ、一万両を取り返すだけでなく、是が非でも騙りの黒幕から全財産を取り上げてやらなければ、憤怒が治まらない忠介であった。

「こうとなったら、必ず黒幕を探し出し、全財産を吐き出させます」

「ああ、そうしてくれ。幕閣を悪事で騙る者など、断じて許してはおけん。それと、余計な金は出したくはないからな」

忠真は、代わりに出すと言った一万両の出費を案じた。

「何かつかんだら報せてくれ。こちらも、できる限りの協力はする」

「かしこまりました。でしたら、このことは奉行所や外部には内密に……」

「分かっておる。誰が、鳥山の小久保家が騙りに遭ったなどと、みっともなくて言える」

「それでは、よしなに……」

忠介が、腰を浮かそうとしたところであった。

「殿……」

襖の向こうから声がかかった。

「なんだ？」

「只今、北町奉行様が……」

「おお、そうか。待っていたぞ、早く通しなさい」

言って忠真の顔が、忠介に戻る。

「奉行の榊原《さかきばら》殿が来たようだ」

「でしたら、これで……」

「いや待て、忠介。奉行が来たのは、例の両替商の行方知れずでのこと。話を聞いたらどうだ」

「願ってもないこと。ですが、このたびの件は……」

「むろん、黙っておる。今日来たのは、何かつかめたのかもしれん」

忠真が言ったところで、再び襖の向こうから声がかかった。

「北町奉行様をお通しいたしました」

「入っていただきなさい」

襖が開くと、六十歳をとうに越したと見られる老齢の男が入ってきた。ときの北町奉行、榊原主計頭《かずえのかみ》忠之《ただゆき》であった。

「おや、お客人でしたか？」

忠介の背後から、榊原の声がかかった。

「鳥山の城主です」

忠真の紹介で、忠介はうしろを振り向き会釈をした。

「これはこれは、小久保様。ご無沙汰しております」

「こちらこそ。ますますご壮健のご様子で……」

奉行という激務をこなすだけあって、齢に似合わず、榊原の動作は矍鑠《かくしゃく》としている。

忠介とは、親子ほどの齢の違いとなろうか。

「なかなかもう、寄る年波には敵《かな》いません。早く、お役目を解いていただきたいのですが……」

「何をおっしゃいまする。これほどの名奉行を、幕府が手放すことはございませぬ」

相手が十歳以上の年上でもあり、大名と旗本の身分の違いはあっても、忠真のもの言いに敬いがあった。

五

通り一遍の挨拶を済ませ、忠真と榊原は本題に入った。

口をへの字に曲げ、榊原の奥に引っ込んだ目は、さらに伏目がちとなった。首をさかんに横に振る仕草は、芳《かんば》しい報せではなさそうだ。

「奉行所総出で捜しておりますが、杳《よう》として行方がつかめず……」

総出といっても、定町廻《じょうまちまわ》り同心や臨時廻り同心など十数名というのが、こういう場合の通り人数だ。それでも町人が一人消えただけの事件にしては、格別な力の入れ方である。しかも、奉行が直々に報せをもたらす。そんなところに、老中の威厳が感じられる。

「左様でござるか。それにしても、神隠しに遭ったように人ひとりが消えるとは、不思議なことがあるものだ」

二人のやり取りを、忠介は黙って聞いている。

「もう、どこかで殺されているかもしれんのう。だが、拐《かどわか》しだとしたら、下手人《げしゅにん》はなぜに何も言ってこない。何かしらの、要求はあるはずだが？」

「黙っては、殺さないでしょうからの。家人の話では、他人に恨みなど買うような人ではないと申しますし……」

「まさか、自害ではなかろうか。奉行はどう思われる？」

「いや、それはありえませんな。普段から、変わった様子は見られなかったといいますし、近々娘が嫁入りするのを楽しみにしておったようです」

忠真の問いに、榊原が答える形の問答であった。

「商いも、順調だと聞いておるしの。しかし、弱った……」

忠真の口から、愚痴らしき呟きが漏れた。

「今、何か申されましたかな？」

忠介には聞こえたが、榊原は耳が遠くなってきているようだ。声音が小さくなるたび、掌《てのひら》を耳たぶ代わりにする。

「いや、なんでもござらぬ。ところで、最近の身元不明の死者中にそれらしき者はおらんのですか？」

「この月に入り、江戸府内での身元不明の死者は三十人ほど揚《あ》がっております。ですが、みな無宿者か女とのことで該当するような者はおりません。となりますと、もう奉行所では……」

その先を言いづらそうに、榊原は口ごもった。

「探索を打ち切りたいと？」

「いや、まあ……」

はっきりと言えないところに、榊原の心根が現れていた。

「事件や自害でないとすれば、仕方あらんでしょうな。いや、本当にご苦労でござった。余の身勝手な頼みに、ご多忙のところよく動いていただけた。そして、奉行直々の報せも、まことに痛みいった。この小久保忠真、礼を申す」

「いや、滅相もない。これは、奉行所としてあたり前の仕事。礼など受ける筋ではございませぬ。むしろ、お役に立てなかったと恐縮する次第。むろん、これからも町方の手により調べは進めてまいります。何かつかめましたら、即座にお報せにまいります」

「よしなにお願いいたす」

頭を下げたものの、奉行所はもう用なしだというのが忠真の肚《はら》の内であった。

「それではこれで、引き取らせていただきます」

榊原が、畳に拝しながら言った。

「ご足労でございました。どうか、お体にはご自愛くだされ」

「お気遣い痛み入ります。ご老中も……」

言いながら、榊原が腰を上げる。その際、忠介に向けての一礼があった。

「お話を妨げて、申しわけございませんでした」

忠介に向けても、榊原は詫びを言った。

「いや……」

首を振りながら、忠介は一言返した。

「それでは、失礼をつかまつりまする」

榊原は、年齢の衰えを見せることなく、矍鑠《かくしやく》とした歩みで御客間をあとにした。

北町奉行が去っても、忠介は立ち上がろうとしない。

何か言いたそうな忠介の様子を、忠真は怪訝に思った。

「大川の向こう側は、町奉行所の管轄ではないのですか？」

「なにっ？」

いきなりの忠介の問いに、忠真の眉間に縦皺が一本増えた。

「向こう側というのは、本所深川ということか？」

「左様で。広くは、押上も……」

「本来は下総《しもうさ》の領内で、厳密には江戸府内ではない。だが、本所深川の行政は幕府が管轄しているというややこしいところでな。町奉行所の出先で本所方役というのが置かれ、町方の役目をしている。そんなことも知らなんだか？」

「いえ、むろん知っておりますが、気になったことがありまして、たしかめただけです」

「どういうことだ？」

忠介の考えながら語る態度に、忠真は座りを直した。

「話が深そうだな」

「はあ。その前にお訊きしたいのですが……？」

「訊きたいとは？」

「行方知れずの両替商とご老中は、どのような関わりで……？」

忠介の問いに、忠真は一つ大きなため息をついた。そして、意を決したように語り出す。

「当家出入りの両替商でな、『三高屋《みつたかや》』の主で、名を三津左衛門《みつざえもん》という男だ」

「なぜにご老中は北町奉行に命じてまで……」

いくらお家の御用商人の行方知れずといえど、ときの奉行を動かしてまで老中の権限を振るうのは忠真らしくないと、忠介は思っていた。

「ちょっと、事情があってな」

三高屋三津左衛門に、小田原藩小久保家では江戸留守居役に命じて、二万両の融資を依頼しているところであった。

小田原藩小久保家も、台所は火の車であった上に、海岸に防風林を植える計画があった。そんな予算捻出の事情もあり、ようやくのことで三津左衛門からはすでに融資の確約は取りつけてある。

その際に、三津左衛門は大船の話をしたという。忠真は、その話を受け流していた。

「今思えば、ここへの融資はその二万両であったのかもしれん」

関わりを知りたいと思うものの、三津左衛門は、忽然と姿を消している。

店の者たちで、小田原藩小久保家からの融資の話を知る者は誰もいなかった。そのため、融資の話は断ち切れとなっていた。

「そんなんでな、主の三津左衛門を捜し出さなくては話にならん。少々焦っておってな……」

「それで、北町奉行所を動かしたのですか？」

「越権だというのは、重々承知だ。だがな……」

「それ以上はおっしゃらなくとも、分かっています。そんなことは、ちっとも咎めてはおりません。困ったときは、お互いさま。それより……」

ここで忠介は、思い当たる節を口にする。

「半月ほど前、大横川に……」

忠介は、千九郎から聞いた話を語り出した。千九郎は、吉之助から聞いた話を、世間話のつもりで忠介の耳に入れていたのだ。

「その土左衛門が、もしやと忠介は言うのか？」

「なんとも言えませんが、家臣の一人がそんな話をしていたことがあったので、そんな勘がよぎりまして……」

「奉行の話の中には、大横川での土左衛門の話はなかったな」

「本所方役人までは、手配が回らなかったからでしょう。本所方でも、奉行所への報せを怠っていたのかもしれません。事件でなければ騒ぎ立てもせず、そのまま身元不明者ということで処理をしたと考えられます。それと、本所方役人はいろいろな雑務があり、かなりの多忙と聞いておりますから、おざなりになったのでしょう」

　忠介は、勘でもってものを言った。

「それが三津左衛門かどうかを、いかがしてたしかめる？」

「さて。すでに土中に埋められ、掘り起こしたとしても三津左衛門かどうかを判別するのは難しいでしょうな」

「ほかに、たしかめる術《すべ》はないか？」

　忠介が知っていることは、又聞きでほんの触りである。土左衛門の、顔の特徴までは聞いていない。

「……そうか」

大原吉之助は、川から引き揚げたときの、遺体の状況を知っている。忠介の脳裏に閃いたのは、その一点であった。

「ご老中、その三津左衛門の顔に何か特徴はありますか？」

忠真から聞き出し、あとで吉之助にたしかめればよいと忠介の気が巡った。

「ちょっと待て。誰かおらぬか？」

忠真が隣部屋に控える家臣を呼んだ。

「大至急、留守居役を呼んでまいれ」

しばらくして、江戸留守居役が駆けつけて来た。

忠真が、三津左衛門の人相を問う。

「そうですな、顔は白くて真ん丸い。体形も、小太りでした」

留守居役が、三津左衛門の体の特徴を言った。

「土左衛門となれば、顔がぱんぱんに膨れ上がり、元の面相や体形は分からなくなると聞きます。ですから、ほかには……？」

忠介の問いに、留守居役は宙を見つめて考えている。

「あまり、まじまじと見たことはないのでな。それにしても、特徴のない……そうだ、一つだけありました」

「それは……？」

「顎《あご》の下に、胡麻粒《ごまつぶ》くらいの黒子《ほくろ》があったな。このへんに……」

言いながら留守居役は、右の顎のあたりを指差した。

「それだけで充分。ならば屋敷に戻って、家臣にたしかめましょう。それで、黒子が合致しましたらいかがいたしましょうか？」

忠介が忠真に問うた。

「報せてくれ。家人のほうにも伝えんといかんしな」

「かしこまりました」

このとき忠介は、この事件の全貌が大きく近づいてくるような感覚にとらわれていた。

六

芝の浜から猪牙舟を雇い、忠介は大川を遡《さかのぼ》ることにした。

「これからおれは独《ひと》りで下屋敷に行くんで、舟代をよこせ」

殿様というのは、金をもたない。忠介は、警護の者に舟代を無心した。

「乗り物ごと、屋敷に戻っていいぞ」

忠介の足は下屋敷へと向いた。吉之助と会うためである。

「吉之助はいるか？」

藩主が一人でもって突然下屋敷を訪れても、さして家臣たちは驚かない。いつものことであるからだ。

「これは、殿……いや、旦那様」

ここでは、商人の立場としての会話がなされる。

「大原は、ただ今出かけておりますが」

「いつごろ戻る？」

「さあ、どこに行ったのか分かりません」

「千九郎は、ここに来てるだろう？」

「さあ、千九郎さんもここに来てすぐに出かけました。商売のほうではなく、何かを探っているようでして、大原も一緒に……」

吉之助が、千九郎の指示で富三郎のことを探っているのは知っている。

「そうか」

その件で飛び回っているのだろうと思えば、留守であるのもうなずける。

このまま上屋敷に戻っても詮のないことと、忠介は下屋敷で休むことにした。疲れもあって、昼寝を決め込む。

どれほど寝たか。

「旦那様……」

呼ぶ声に起こされ忠介が目を覚ますと、外は薄暗くなりかけていた。

秋の陽は、つるべ落としといわれ、夜が早く訪れる。

「もう、夕七ツか」

ときを報せる鐘の音《ね》が、遠く浅草寺のほうから聞こえてきた。

「大原が、戻りました」

「そうか、ここに通せ」

「殿、いらしてましたので……」

大原と共に、千九郎も部屋へと入ってきた。

「千九郎も一緒か」

「はっ。今日は、入谷のほうまで行ってきました。ですが……」

「福松屋富三郎には、行き当たらなかったのだな？」

千九郎の顔色を見ていれば、そのくらいのことは分かる。

「申しわけございません」

「別に謝ることでもねえさ。ところでな、用件というのは……」

今の忠介の格好は遊び人でも商人でもあらず、大名としての外出用の身形で整えてある。金糸銀糸が織り混じる派手な絹織ではないが、客として赴くためのそれなりの身支度ではあった。

その形《なり》で、口はべらんめえ調となった。

「今しがた、小田原の屋敷に行ってきた。一万両を奪われたと言ったら、さすがに老中の顔は引きつっていた」

そのときの話が、千九郎に向けて語られた。

「とにかく黒幕を探れと、老中は焦っていた。でないと、一万両が幕府のもち出しとなるからな」

それと忠介には、みすみす騙し盗られたという屈辱もある。

「二人も殺しやがって、絶対に許しちゃおけねえ。一味をとっ捕まえて八つ裂きにしてやる」

忠介の憤怒が、荒い口調となって出た。

「今、二人もとおっしゃいましたが、富三郎のほかにまだ誰か……？」

「まだ、そうかもしれねえっていったところだがな……」

「大変な事件になりましたね」

千九郎が、眉根を寄せて言った。

「そんなんで、今日は吉之助に訊きてえことがあるんだ」

怒りを脇におき、忠介の顔が吉之助に向いた。

「はっ、手前にですか？」

忠介と千九郎の話をぼんやりとして聞いていた吉之助が、いきなり名を呼ばれ呆《ほう》けた表情を見せた。

頼りになりそうもない吉之助だが、千九郎に任せたからには忠介はそれを口にはしない。

「おめえ、今月の初めごろ大横川に揚がった土左衛門を見たと言ったな？」

「はあ……」

吉之助にとっては、ずっと以前のことのように感じられている。いきなりその話を振られ、力ない返事が口から漏れた。

「まだ、そのことを覚えているか？」

「いかがなことでございましょう？」

試されているような、吉之助の不安げな顔となった。

「いや、簡単なことだ。おめえ、その死体の顔を見たか？」

「はあ……」

「その顔に、何か特徴がなかったか？」

「真っ白く、まん丸に膨らんでましたので気味が悪く……」

「そんなことは、承知だ。どうだ、思い出せねえか？」

忠介がせっつく。すると、吉之助の指が顎を差した。

「このあたりに、胡麻粒ほどの黒子が一つ……」

「間違いねえ！」

忠介が、屋敷中に響き渡るような大声を発した。

何ごとがあったかと、事情を知らない千九郎は驚く顔を忠介に向けた。そして、問う。

「殿、何かありましたので？」

「ああ。それはあとで話す。それで吉之助、その遺体はどう処分された？」

「詳しくは分かりませんが、その場では自害と判断したようです。本所役人が言うには、三日捜して身元が分からなければ無縁仏にすると、たしかそんなことを言ってました」

一つ思い出せば、あとはすらすらと出るものだ。

「そうか。無縁仏となって葬られたか」

その報せは、どうやら北町奉行には届いてないらしい。今となっては、遺体の調べようもなかった。

忠真には、その事実だけを報せようと忠介は思った。

「殿、いったいどのようなことで？」

千九郎が、再び問うた。

「そうだったな。実は……」

忠介は、忠真から聞いた両替商三高屋三津左衛門の話を二人に聞かせた。

「あのとき大原さんが見た土左衛門が、三高屋の主だったというのですか？」

千九郎が、考える口調で言った。

「三高屋を知ってるのか？」

「はあ、名ぐらいは。なんですか、噂ではけっこう羽振りがよいらしく、ですが、知っているのはそれくらいなものです。三高屋も、大船の話に絡んでたのですか？」

「そこに、小田原藩も絡んでたってことだ」

千九郎の問いに、忠介が口をへの字に曲げて答えた。

「三高屋の主は自害でないかもしれん」

「とおっしゃいますと……?」

「不思議なことがあるものだ。北町奉行の話だと、とても自害するような様子ではなかったとのことだ。十六になる娘の婚礼を近々に控え、楽しみにしていたそうだしな。それに、商いも順調だったらしい」

「そうしますと、本所役人のほうが手を抜いてるような気がします」

「ですが、千九郎さん……」

吉之助が、千九郎に話しかける。

「今、思い出したのですが、紙入れに遺書みたいのが入っていたようで、そこには『してやられた　もうだめだ』って書かれていたそうです」

千九郎にしては初耳である。そこまで詳しく吉之助は話してはいない。

「……してやられた、もうだめだだと?」

呟くほどの小さな声を出し、忠介の顔を見やった。忠介の顔も、千九郎に向いている。

——やはり、三高屋も騙りにやられたか?

第六感が働く。二人が思うところは同じであった。

遺書らしきものに書かれたその一言が、忠介と千九郎の脳裏にまとわりついた。しかし、その騙りが富三郎の一件と関わりがあるかどうかは、まだ調べがついたことではない。

「殿、明日にでも三高屋に行って……」

「ならばおれも行こう。老中には、その探りをもって報せることにする」

両替商三高屋は、銀座《ぎんざ》町四丁目にあるという。小田原藩小久保家は芝浜松町の近くである。そのついでとして寄ることにした。

「ちょっと遠いが、頼むぜ」

「かしこまりました」

「吉之助も、一緒に行くぜ」

「はっ」

遠目が利く吉之助も、何かの役に立つかもしれないと、忠介は同行させることにした。

「でしたら、小次郎と波乃も一緒に……」

「いいだろう」

千九郎の申し出に、忠介がうなずいて返した。

「これで、少しは敵に近づくかもしれねえ」

呟くような、忠介の口調であった。

七

江戸は水路が張り巡らされている。

下屋敷に泊まった忠介は、前日と同じ姿をして銀座町へと向かう。供は千九郎と吉之助、そして小次郎と波乃の、五人の一行であった。

陸路では遠い。

鳥山藩には抱えの船頭がいる。大横川から銀座町まで、水路で行くことにした。

下屋敷を出たのは、ちょうど朝五ツの鐘が聞こえてきたころであった。

冬が近くいく分寒くは感じたが、舟遊びにはもってこいの小春日和《こはるびより》であった。だが、浮かれている場合ではない。

先だっては、季節外れの生温い雨が降っていた。そのため川面からは靄《もや》が立ち、視界が利かなかった。そのときとはまったく異なり、この日は空高く晴れ、遠くまでも見渡せた。

快適に舟は、大横川を下る。

「このあたりです……」

二町ほど下ったところで、吉之助は言った。

三高屋の三津左衛門と思われる、男の死骸が浮かんでいた現場を吉之助は指を差した。

「銀座町からは、ずいぶんと離れたところで死んだもんだな」

「自害でしたらところ構わずで、少々遠くても……」

忠介の言葉に、千九郎が応えたところで言葉が止まった。そして、あたりを見まわす。

――自害であったとしても、こんなところで身投げをするかな？

千九郎が、ふと抱いた疑問であった。

わざわざこんなに遠くまで来て、この場を選ぶことはなかろうと気が巡る。

大横川は、南北に真っ直ぐ掘られた運河である。舟の通行も、けっこうある。今も、川下から来た舟とすれ違ったところだ。

先だっては雨天だったので、たまたま舟の行き交いは少なかっただけである。

「殿……いや、旦那様」

屋敷の外では、千九郎は呼び方を変える。

「なんだ？」

「やっぱり、自害ではないのではと……」

「なんで、そう思う？」

「これほど舟が行ったり来たりする川です。数日もの間浮かんでいて、誰の目にも触れないとはおかしいでしょう。たしか、本所役人は三日が経つとか言ってたのですよね、大原さん」

「ああ、そうだ」

千九郎の目敏さに、驚くような顔を向けて吉之助はうなずいた。

「さすが大番頭だな、いいところに気づいた。だが『してやられた　もうだめだ』って書かれた遺書みてえなのはどう取る？　覚悟したようにも取れるけどな」

「さあ、それはなんとも……」

「だが、千九郎の言うことには一理も二理もある。殺しの事件てことも充分にありうるしな。ここは、どっちつかずにして両方で当たってみようじゃねえか」

昨夜のうちに、小次郎と波乃にも三津左衛門のことは話してある。二人もそろってうなずきを返した。

　舟はさらに大横川を下る。

「このあたりでした」

　法恩寺橋を潜ぐろうとしたところで、波乃が言った。

「富三郎たちを乗せた舟が、一度停まったところは。今思えば、あのときはあそこで、富三郎を殺そうとしたのではないかしら」

　しかし、波乃たちが乗った舟に気づき動き出した。

「くそっ、靄に隠れて見えなくなってしまった」

　見失ったのは、自分たちの落ち度だったと、小次郎が悔しさを露《あらわ》にして言った。

「今日のように、晴れていれば……」

「そんな過ぎたことを、ぐだぐだ言うんじゃねえ。晴れてりゃ、こんなところで殺しはしねえよ。誰が見てっか分からねえだろ」

　小次郎の愚痴を、忠介がたしなめた。

　舟がさらに進むと、北中之橋が見えてきた。左岸を忠介が見上げている。

「旦那様、どうかされましたか？」

「千九郎、川沿いに白い塀が見えるだろ」

およそ、一町半にわたる屋敷の塀を忠介は指を差して言った。

「あれは、弘前藩津軽家の下屋敷だ。黒石藩津軽家の本家ってことだ。黒石藩の上屋敷も、このあたりにあると言ってたな。たしか、竪川から近いとか……」

いつぞや、津軽順徳から聞いたことを忠介は思い出した。

本所に上屋敷をもつ大名は、ほんの数家である。その内には、弘前藩津軽家本家と分家である黒石藩津軽家の上屋敷もあった。

このときはまだ、忠介の頭の中にはまさか富三郎の殺しに黒石藩津軽家が関わっていようとは思いもよらない。

舟はやがて、北辻橋へと差しかかる。交差する川が、竪川である。高瀬舟のような、大きな川舟も充分に通れる川幅がある。

「どうします、竪川に入りますか？」

船頭が、艫で艪を漕ぎながら訊いた。

「この先を真っ直ぐ行けば菊川橋が……」

富三郎が引っかかっていた、菊川橋の橋脚がある。

「そこも、見てえな」

波乃の口に、忠介が応えた。

その先の小名木川から、大川に出ようということになった。

舟は下り、菊川橋の橋脚に横づけして停まった。

「ここで富三郎を引き揚げました」

小次郎が、橋脚の一本を触りながら言った。

千九郎が舟に立って、川上を見つめている。

「あのとき、川の流れが速くなったと言ってたな」

小次郎と波乃の、どちらへともなく千九郎が訊いた。

「ええ、江戸湾の引き潮でかなり流れが速く……」

「船頭さん、舟と人の体じゃ、どっちの流れが速いですかね？」

千九郎の問いが、船頭に向いた。

「そりゃ、人の体でしょう。流れが速けりゃ、舟はその分舵取りに気を遣いやすからね。流れに乗るとうっかり橋桁にぶつかる恐れもあるし、むしろ、速さを押さえるぐれえだ」

「なるほど……」

「何か、分かったかい？」

千九郎の大きなうなずきに、忠介が問うた。

「富三郎を殺《や》った舟は、竪川を曲がりましたね。西か東か、どちらかは分かりませんが……」

「どうしてそう思う？」

忠介が、ニヤリと笑いを浮かべながら訊いた。

「あとから菊川橋に着いて、富三郎の死体が引っかかってるのを見つけたらそのままにはしておかんでしょう。とくに、尾けられると思っているからには橋桁から取り除くのでは。それをしなかったのは、この橋の下を通らなかったものと……」

千九郎の推察であった。

「すると、手前で曲がったというのだな？」

「ええ。真っ直ぐに来ていたとしたら、富三郎の遺体は小次郎たちには見つからずにいたと思います」

「なるほどな」

千九郎の考えに、感心したような忠介の言葉の響きであった。

「竪川まで、引き返そうぜ」

舟が半回転し、川上に向かった。

竪川に入ると、舟の舳先を西に向けた。

舟の往来が激しい運河である。舟着きの桟橋が左右の岸にいくつもあり、数えきれないほどの川舟が舫《もや》われ、縦づけされている。そのほとんどが小舟で、猪牙舟《ちょきぶね》といわれるものであった。およそ十五間もある川幅が、その分狭くなっている。それでも、高瀬舟のような大きな川舟も充分通れる広さはあった。

「……黒石藩津軽順徳の上屋敷は、このあたりだと言ってたな」

三之橋の下を潜ったところで、忠介がふと呟いた。

幕府が肩代わりすると忠真が言っていたが、いざとなったら裏切るのが幕閣である。端《はな》からあてにはしていない。

もしも、返せなかったら――。

その場合の、二家から預かった五千両が忠介を悩ませた。

津軽順徳の、忠介を信頼しているような面相を思い出せば、早くこの場を通り抜けたい。

「船頭さん、少し先を急ごうじゃねえか」

思いが、忠介の言葉となって出た。

大川に出るまで二之橋、一之橋と潜る。

二之橋が遠くに見えてきた。その手前、四町といったところか。

「千九郎さん、あれはなんだ？」

遠目が利く吉之助が、二町先を指している。北側の護岸に全長三丈五尺、幅が一丈もありそうな大きな荷舟が、一艘横づけされている。

一丈は十尺である。全長が一丈五尺ほどの猪牙舟と比べても長さも幅も、ゆうに二倍以上の大きさがある。

「あのくらいの大きさの舟でしたね」

あとを尾けた小次郎が、舟の大きさを覚えていた。

船頭二人が前後で漕ぎ、ほかに九人が乗って、そこに千両箱を十個積んでも沈みそうもない舟であった。

「もしかしたら、あの舟ではないかしら」

よく似ていると、波乃が言った。

「えっ？」

みなの驚く顔が、波乃に向いた。

「どうしてそう言える？」

千九郎が、波乃に問うた。

「大川の対岸で待っていて、舟が目の前を通り過ぎたでしょ。そのとき近くで見たけど、あの舟と形がまったく同じだった」

至近で舟を見たのは、その一瞬だったという。だが、のちのためにと舟の特徴を、波乃は頭の中に叩き込んでいたのであった。

「それと、舳先のほうにぶつけたような大きな疵《きず》があるでしょ」

「あれは、橋桁か何かにぶつけた痕でやすな」

船頭が言葉を添えた。

「あのときの舟にも、それがあった」

こうなれば間違いないと、みなが得心をする。

「すると、このあたりで千両箱を下ろしたというのか？」

忠介が、自問のような口調で言った。

「それは、なんとも……」

千九郎が声を耳にし、忠介に応じた。

「ですが、下手人は近くにいると思って間違いないでしょう」

川舟に乗ってきたおかげで、大きな手がかりがつかめた。ただ、その先はまだまだ闇の中である。

銀座町の三高屋に、五人して押しかけても仕方ない。

それよりも、一万両をせしめた下手人を捜すほうが先だ。その役を、小次郎と波乃に任せることにした。

おぼろげながらも、波乃は舟に乗っていた浪人たちの顔を覚えているという。全員ではないが、その内の二、三人だったら今でも分かるという。

小次郎と波乃を連れてきてよかったと、つくづくと自分の勘のよさに自惚《うぬぼ》れる千九郎であった。

第四章　両替商の災難

一

二之橋手前の桟橋で小次郎と波乃を下ろし、川舟は大川へと出た。

霊巌島《れいがんじま》の南岸から新堀川に入れば、銀座町は近い。

両替商三高屋は、銀座町目抜き通りから少し奥に入った目立たないところで、看板を出していた。

店の構えもあまり大きくはない。

江戸で店を出す両替商の中では、外見の規模は中の下といったところか。しかし、建屋は小さくても、要は中身の実態である。

小田原藩小久保家に出入りする両替商とあらば、かなりの羽振りが予想できる。千九郎も、噂でそのくらいのことは知っていた。

三高屋に来るまで、忠介はいかにして主三津左衛門の死を伝えようかと、頭を悩ませていた。そのことで、千九郎にも意見を求めている。

小田原藩の忠真には、とりあえず、大横川の遺体と特徴が一致するかどうかをたしかめるだけと言っている。だが、調べは別にあり、三高屋の内部にまで入ろうとしている。そのために、千九郎と吉之助を連れてきたのだ。

場合によっては、小田原藩小久保家と三高屋の関わりが表に出ないとも限らない。ここは慎重に行かなくてはならないと、手はずが決められないままに三高屋の店先まで来てしまった。

「おや？」

三高屋の大戸が閉まっている。

戸板に貼り紙がしてある。そこには『当分の間休ませていただきます』と書かれてある。

「主が行方知れずでは、店は成り立たないのだろう。もう、潰《つぶ》れたも同然だな」

忠介が、独り言を漏らしたところであった。

「ちょっとお訊きしますが……」

千九郎が、通りすがる商人に声をかけた。

「この三高屋さん、どうかなさりましたので？」

「ああ、この両替屋さんね。旦那さんが一月《ひとつき》ほど前から行方《ゆくえ》知れずになってね、先だっては預けた金を返せなどと取りつけ騒ぎも起きて、にっちもさっちも行かなくなったか、とうとう店を閉めちまいましたよ」

「貼り紙には、休ませていただくと書いてありますが……？」

「休むどころか奉公人はもう誰一人いませんし、とても店を開けられるもんじゃないでしょうよ」

「ご家族の方は……？」

なおも飛ぶ千九郎の問いが煩わしいか、商人は露骨にいやな顔をした。応対も面倒といった気持ちが表情に表れている。

「お忙しいところ、申しわけありません」

商人の気持ちを宥《なだ》めるために、千九郎は詫びを言った。

「母家のほうに、ご新造《しんぞ》さんと婚礼が近い娘、それと七歳になる坊《ぼう》がいるはずだが……それでは、手前はこれで」

「引き止めて、すまなかった」

再び歩き出した商人に礼を言ったのは、忠介であった。

——三高屋が、こんな状態になっているのを老中は知っているのだろうか？

忠介がふと抱いた疑問であった。

北町奉行榊原忠之の話にも、このことには触れてなかった。

——何か、理由《わけ》でもあるのか？

奉行所も総出で調べていたなら、現状くらい分かっているであろう。それを榊原は語っていてしかるべきである。

忠介は、黙ってこの場を立ち去ろうとしたが、思いとどまった。

「千九郎、母家に回ってみねえか？」

「今の商人の話を聞いて、その気になったのですね？」

「ああ、ご新造と娘と坊がかわいそうになってな。どうにか力になってやりてえと。こうなったのも、何かの縁だろう」

忠介は情を見せるも、一連の事件の真相を解く鍵がここにあるのを鼻で感じていた。

「かしこまりました」

忠介と千九郎、そして吉之助の三人が路地に入り、三高屋の屋敷を半周したところであった。

ちょうど裏側に、母家に入るための門がある。

中の下といえど、両替商の屋敷の門である。数寄屋造《すきやづく》りの、瀟洒《しょうしゃ》な門構えであった。家人の、粋が感じられる。

門の引き戸が、開いている。家の中にいるのは、内儀と娘と男児の三人だけだと聞いている。

「物騒なもんですね」

吉之助が、忠介に話しかけた。

「ああ、そうだな」

忠介の首も傾いでいる。

「何か、あったんでしょうか？」

「ちょっと、黙ってろ吉之助」

三人は、警戒しながら門の中へと入った。

短冊形に敷かれた御影石《みかげいし》が、母家の戸口までつづいている。敷石に導かれ、母屋の前に立ったところで、中から男の怒鳴る声が聞こえてきた。

「金目のものがねえってんなら、こいつをもらってくぜ」

「それだけはご勘弁を……もっていかれましたら、坊の寝るものが」

あとから聞こえてきたのは、新造の声であろうか。男にすがるような、声音であった。

「うるせえ。こっちは二十両も預けてるんだ。こんなもんじゃ、とっても足りやしねえが、売りゃあいくらかにはならあ」

やがて、足音が廊下を伝わってきた。

男が二人、背中に大きな風呂敷包みを背負って戸口へと出てきた。

中から遣戸《やりど》が開くのを、忠介たちは待った。

遣戸が開き、男二人が外へと出てくる。

忠介たち三人は、男たちの行く手を遮るように立ち塞がった。

「なんでえ、てめえらは？」

一見して、とても両替商に縁があるような輩《やから》ではない。

身形《みなり》は遊び人風で、大金には縁がなさそうだ。一見して、無頼である。

二十両の預託は、どうせ嘘っぱちだろう。それにこと寄せ、どさくさに紛れての強奪と忠介は取った。

「借金の形《かた》だかなんだろうが、寝具までもっていくってのはいささか人の道を外してるぜ。生きるためになくちゃならねえものまでは、奪い取らねえってのが、借金取りの暗黙の了解だってのを知らねえのか？」

「なんだとう、つべこべとご託を抜かしやがって。誰だ、てめえらは」

忠介の説き伏せに、無頼たちはいきり立った。

このときの、忠介の身形は高貴の武士である。しかし、言葉に怒りがこもり伝法《でんぽう》なもの言いとなった。

「誰だって、いいだろ。おめえらなんぞに語る要はねえ」

忠介の挑発に激高したか、無頼たちがそろって懐《ふところ》に隠しもった匕首《あいくち》を抜いた。背負った風呂敷包みを地べたに下ろすと、九寸五分の刃先を向ける。

「おもしれえ、相手になろうじゃねえか」

腰帯には大小二本の刀が差してある。忠介は、鞘ごと二本の刀を腰から外した。

「吉之助、これをもってな」

刀を吉之助に預け、忠介は素手で相手をしようと身構えた。

千九郎と吉之助は、商人の形《なり》である。武士とはいえど、腕っ節のほうはからっきしの二人であった。

「ちょっと、下がってな」

忠介は、一人で二人の無頼と対峙する。

無頼二人の匕首の切っ先が、忠介に向いて震えている。

「どっからでも、かかってきな」

半身《はんみ》で構えて、体を前後に動かして相手を挑発する。

忠介は、素手で相手と立ち向かう『正道拳弛念流』の奥義を極めている。この流派は、自らが攻撃を仕掛けるものではない。相手の攻めをかわし、拳《こぶし》を放つというものである。

しかし、なかなか相手は攻めてこない。

「なんでえ、だらしねえ野郎たちだな。千九郎と吉之助、風呂敷包みを家の中に戻しな」

忠介が振り向き、うしろにいる二人に話しかけた瞬間――。

無頼二人が同時に匕首の先を、忠介の背中に向けて繰り出してきた。

「あっ、危ない」

千九郎の声が、屋敷の庭に轟く。

忠介にしては、先刻承知である。

相手の攻撃を誘うため、あえて振り向き隙を作ったのだ。

気は、背中に向けている。

忠介の目は、背中にもついているように体を右にずらし、相手の突っ込みを既《すん》でかわした。

切っ先の的《まと》がなくなり、二人は勢い余って踏鞴《たたら》を踏んだ。

「うりゃー」

忠介は掛け声を上げると間髪《かんはつ》入《い》れず、一人は脇腹、もう一人には鳩尾《みぞおち》に目にも止まらぬ速さで正拳を当てた。

グスッと、内臓をえぐる鈍い音がたてつづけに二度鳴ると、無頼たちの体は地面でのた打ち回った。

しばらくは息もできないほどに苦しがる無頼たちをそのままにして、忠介たちは戸口の敷居を跨《また》いだ。

「ごめんください……」

何ごともなかったように、千九郎が奥へと声をかけた。

二

内儀と坊が並んで座っている。

四十をいくらか前にした大年増であった。美人でもなく、醜《みにく》くもない。容姿はどこでも見かけるような、ごく普通の女であった。

その脇に、手にあかぎれの皹《ひび》ができた七歳ほどの男児が母親に寄り添うように座っている。

婚礼を控えているといった娘は、この部屋にはいない。

見ず知らずの男が目の前に三人座り、怯えているような表情であった。

母子の気持ちを説き解《ほぐ》そうと、膝元に無頼から取り戻した風呂敷包みを置いた。

「これがないと、この子が寒がりますので……」

助かりましたと、内儀《ないぎ》の礼があった。

「婚礼が破談になって、それ以来娘は部屋から出ずに、引きこもってます」

娘がいないわけを、内儀が言った。

家具も何もない、殺風景な屋敷の中であった。

「みんなもっていかれてしまったのですね」

「はい。うちの人がいなくなってから、金目でないものまで。この家で残っているのは、この子の掻巻《かいまき》くらいなものです。それさえも、奪っていこうとする……」

内儀は顔を下に向けると、着物の袖で目尻を拭った。

「これは失礼を……それで、あなた方はどちらさまで？」

しばらくして顔を上げると、内儀が問うた。

「ご主人の、三津左衛門さんのことですが……」

問いには答えず、忠介は口ごもるような口調で切り出した。

「あの人のことが、何か分かったのですか？」

ひと膝繰り出して、内儀が問うた。

「はあ、実は……」

経緯を話さなくては、先には進まない。忠介の口から、三津左衛門の死が知らされた。

「……さようでしたか」

意に反して、内儀に驚きの表情はない。それを忠介は、すでに覚悟をしていたものと取った。

「ご内儀……いや、お名は？」

名を知らなくては、話がしづらいと忠介が問うた。

「申し遅れました。あたくしは久美《くみ》、久しいに美しいと書きます。この子の名は新吉《しんきち》……」

子供ながらに挨拶をせねばならないと思ったか、新吉の頭がペコリと下がった。

「お久美さんですか……」

さして美しい女ではなかったが、そんなことはどうでもよいと、忠介は本題へと入った。

「ところでお久美さん、三津左衛門さんがいなくなる前のことで、何か知っていることがあったら聞かせてもらえないかな？」

「はあ、なぜに……？」

まだ、すべてを信用していないような、お久美の口ぶりであった。

お久美の心を開こうと、忠介はあえて口にする。

「ちょっと聞くけど、お久美さんは小田原藩の小久保家を知っておるかな？」

「…………」

忠介の問いに、お久美は口を噤《つぐ》む。返事がないのは、知る証《あかし》である。

「拙者はその小久保家と、縁がある者だ。だから、案ずるにはおよばない。なんとかこの新吉という坊のためにも、役に立ちたいと思って来たのだ」

身分を隠し、忠介は言った。子供の名を出したのは、お久美の気持ちを柔らかくさせるためでもあった。

「主の三津左衛門から聞いておりました」

お久美が語り出す。

「小田原藩のお殿様から二万両の追加融資をもち出され、三津左衛門は困っておりました。こんな小さな両替商です。手元の資金も、貸付け金も高が知れております。二万両なんて、おいそれと用意できるわけもなく、悩《なじ》んでおりました」

罪なことをするものだと、忠介は心の奥で忠真を詰った。

噂で聞いていたのと現実とは、違うものだと千九郎は思っていた。

「そんなとき、三津左衛門が一人の商人を連れてきました。川口屋さんという、ご同業の方です」

川口屋と聞いて、吉之助の首がいく分傾いだ。どこか、引っかかる屋号だと思いながらもお久美の話の先に耳を傾ける。

「むろん、川口屋さんのご主人との話の中身は、まったくもって聞いておりません。

仕事のことに口を出すと叱られますし……」

「だが、小久保家が二万両借りたいというのは知っておったね？」

「はい。主人は愚痴を言う人です。こちらが聞きたくなくても、声は聞こえてきます。それについて詳しく知りたいと訊ねると、おまえは黙ってろと言って、取り合ってくれません」

「なるほど……」

しばらく、忠介とお久美の会話がつづく。それを千九郎と吉之助は、黙って聞いていた。お久美の隣に座る新吉が、話に飽きたか大きな欠伸《あくび》をした。

「川口屋さんが来てからというもの、主人の様子はずいぶんと明るくなりました。愚痴もなくなり、顔色もよくなってそれは潑剌としていたものです。二人の、話の中身がなんであったかは知りません。ですが、一言だけ聞いております。『――川口屋さんのおかげで、助かった』と。それで、お相手の方の屋号を知ったのです。ですが……」

言いながら、お久美は着物の袂《たもと》を目尻に当てた。

「おっ母ちゃん……」

新吉が、心配そうにお久美の顔をのぞき込んだ。それにかまわず、お久美は話をつづける。

「一月《ひとつき》ほど前、『出かけてくる』と言って、それは上機嫌な様子で店をあとにしました。主人の消息は、それきりでした」

「奉行所に、届けは？」

「はい。むろん出しておりますが、本当に力を注いでくれているのかどうか。人ひとりがこの江戸から消えたとて、たいして気にも留めないのが奉行所だと聞いてますから、端《はな》からあきらめています」

そうではない、と言おうとして忠介は言葉を止めた。

小田原藩小久保家の内情が表沙汰にならないよう、裏で奉行所を動かしていたのである。そこには、二万両という融資の都合があったからだ。

忠介は、裏の事情を語ろうとしたが思い留めた。

それよりも、川口屋という同業が気にかかる。お久美の話を聞いていれば、三津左衛門の失踪は、その者が大きく関わっているからに間違いないのだ。

「川口屋ってのが来てからとお久美さんは言ってたが、どんな男か見たのかい？」

「はい。二度ばかり訪ねて来ましたから。お店は通らず、裏の門から入ってきました。今から思えば、店の者たちに知られないようにとの思いからかもしれません」

「ほう、なぜにだろうなあ？」

——店の奉公人にまで隠すほどの商談とは。

忠介には、分かっている。話の内容はともかく、それが騙りだろうということを。

「そういうことは、よくあるのです。大事な話ほど、主人は誰にも言わず一人でことを決めていきますから。昔から、そういう人だったのです」

よほど二万両の融資のことは気を揉んでいたのだろう。そんな男でも、愚痴に出してしまうほどのことであった。この話を奉公人は知っていたかと問うたが、お久美は首を横に振った。

この先、散り散りになった奉公人を探して訪ねようと思ったが、それは詮《せん》のないこととお久美の話を聞いていて得心をした。

「川口屋ってどこにあるか聞いてるかい？」

「いえ……」

うつむきながらお久美は首を横に振った。それは、調べればすぐに分かるだろうと、問いは別のことに移った。

「ならば、川口屋って男の様子は……たとえば、顔つきなんかだが？」

「はい。それは優しそうなお方でして、いつもニコニコと笑みを浮かべておられました」

「……笑みだと？」

忠介は呟きながら、うしろを振り向き千九郎の顔を見た。すると、表情も変えずに小さなうなずきが返った。

やはりそうであったかとの、思いが宿る二人の顔つきであった。

「殿……」

小声で忠介に話しかけたのは、吉之助であった。

「吉之助は、ちょっと黙っていなさい」

落ち着いたもの言いながらも、忠介の胸中は叫び上げたいほどの高鳴りがあった。

それから先、三つほどお久美に問うたが、聞き留めるほどの答はなかった。

「千九郎、いくらかもっているか？」

「はっ」

忠介の問う意味が分かり、千九郎は懐から財布を出すとそれごと忠介に渡した。

小判が二両と、小銭が入っている。忠介は小判を二枚抜き出すと、それをお久美の膝元に差し出した。

「これで、当座を凌ぎなさい」

「いえ、受け取れません」

遠慮がお久美の口をつく。

「いや。坊がひもじい思いをするだけだ。これで、うまいものでも食べさせて……そうだ、とろろごぜんなんてのは美味《うま》いぞ。このあたりにも、店はあるだろう」

「はい。すぐそばに……あたしも大好物でございます」

ようやくお久美の顔から、笑みがこぼれた。

「分かったことがあったら、また報せるから。くれぐれも気を落とさず、体をいとえ。坊のためにも、気丈になるのだぞ」

「はい、分かっております」

お久美の所作に倣《なら》い、新吉も畳に手をつき丁寧なお辞儀をした。

三

戸口まで見送られ、三人は屋敷の外へと出た。

帰り際に、戸締りだけはしっかりするようお久美に言いきかせた。

この話を、小田原城主の忠真のもとにもっていくかどうか、忠介は迷った。

「そうだ、その前に吉之助に訊きたいことがあった。さっき、おれのことを呼んだだろ？」

「あっ、はい」

歩きながらいきなり話を振られるも、吉之助ははっきりした口調で返した。

「何が言いたかった？」

「それが……」

言って吉之助は立ち止まった。

「歩きながらでは。できればどこかで落ち着いて……」

「そうだな。そろそろ、昼か。だったら、とろろごぜんでも」

「殿、そこにその姿では……」

商人の格好ではない忠介はともかく、千九郎は店の者に顔を知られている。

「ちょっと、避けたほうがよろしいのでは？」

「そうだったな。店の者から気を遣われるのも煩わしい」

銀座町なら、食いもの屋はたくさんある。

「ちょっと気が利いた、美味いもんでも食うか？」

言ったものの、こういう格好のときの忠介は鐚銭《びたせん》一文もっていない。

「殿、財布には小銭しか……」

二両をお久美に渡し、千九郎の財布の中身が乏しくなっていた。

「吉之助は……？」

「手前もあまりもち合わせがなく、すいません。なにせ禄が少なくて……」

仕方ないと、やはり近在にあるとろろごぜん屋の一部屋を借りることにした。ここならば、三人分は出せる。

卵つきの、とろろごぜんを味わいながらの話であった。

「それで吉之助、何が言いたかった？」

とろろで粘る麦飯を、美味そうにかき込みながら忠介が問うた。

ものを食べながら話をするなという躾《しつけ》は、幼いときよりこの殿様にはなされていない。

「はい……」

口にものを含みながら、吉之助が返す。

「川口屋という屋号をどこで見たかを、思い出しまして……」

「なんだと？」

口の中にあったものが、あたりに吐き散らされるほどの、忠介の驚きであった。

千九郎も、箸を置いて吉之助の顔を見やった。

「どこでだ？」

「業平橋の、橋の上からです。網代笠に、たしか『川口屋』と書いてありました。さきほど、ご新造からその名を聞いてはっきりと思い出しました」

忘れていたものが、あるきっかけで蘇《よみがえ》るのはよくあることだ。

吉之助の話と、お久美の話が合致する。

忠介の前では福松屋といった富三郎が、これで三高屋三津左衛門の死と関わりがあることがはっきりした。

「……福松屋ではなく、川口屋だったのか」

忠介の、呟きであった。

川口屋なら、忠介も耳にしたことがある。とろろごぜん屋を広めるために歩いていたとき、その名を聞いた。だが、どこに店があるのかまでは分からない。

「なぜにまともな商人が……」

大それた騙りに手を染めたのか。大きな疑問が、忠介の中で湧きあがった。

同じころ、すでに亡き富三郎の足跡を、宮本小次郎と波乃が追っていた。

竪川の、二之橋の手前で舟を下りた小次郎と波乃は、北岸の緑町《みどり》から武家屋敷にかけてを洗っていた。

しかし、富三郎を殺害し、高瀬舟から降ろした一万両をどこに運んだかを探るも、その先の手がかりがまったくつかめない。

二人は目指す方向も見えず、ただ闇雲に歩きながら正午を報せる鐘の音を聞いた。

何もつかめなかったら、下屋敷に戻れと千九郎から言われている。だが、戻るにはまだときが早すぎる。それと、失態を取り戻そうとの焦りもあった。

遠目で見れば何かがつかめるかと、小次郎と波乃は、二之橋の欄干の中ほどに立って東のほうに目を向けていた。

「……どこに一万両を運びやがった？」

小次郎が、桟橋に停まる高瀬舟を見やりながら呟いた。

「あそこから下ろしたのは、間違いないね」

小次郎の声が耳に入ったか、波乃が応えた。しかし、真っ直ぐに伸びた運河はほかには何も気づかせてはくれなかった。

二人は振り向き、橋を横切ると東の方角に顔を向けた。

遠く、五町ほど先に一之橋がはっきりと見える。

「天気がいいと、あんな先まで見通せるのね」

「ああ、それにしてもこの間は……」

たった半町ほども見通せないほどの、靄がかかっていた。

「今のおれの頭の中は、あのときの靄と同じだな」

「すっきり、晴れたいところ……ねえ、小次郎さん。あそこに架かる一之橋の先は、すぐに大川だよね？」

波乃の問いであった。

「ああ、大川の吐き出し口にあたる。右岸は、相生町《あいおい》ってところだ。近くには、回向院《えこういん》がある」

「ちょっと、あそこまで歩いてみませんか？」

「行っても何もないかもしれんぞ」

「なくてもともと。こんなところでつっ立っているより、ましってもんじゃないですか」

波乃の提案に、小次郎が乗った。

二人の急ぎ足であれば、五町の道はあっという間である。

しかし、相生町からさらに大川に近い元町《もと》まで来ても、得るものは何もなかった。

ただ、だだっ広い大川の川面の景色を眺めたに過ぎなかった。

「やはり、何もなかったな」

二之橋まで戻ろうと、同じ道を二人は引き返す。

大川に近い一之橋の橋詰めから、一町も戻ったところであった。

軒下に、分銅の形をした看板が架かっているのが見えた。

両替商を意味する看板で、誰もが知っているものであった。

屋号に目を向けると『川口屋』と記されてある。しかし、二人が不思議に思ったのは、真昼間だというのに大戸が閉まっていたことだ。

来るときには気づかなかったものだ。しかし、そのとき二人は何も気に留めることなく、店の前を通り過ぎようとしていた。

路地の奥から、二人の侍が出てきた。

それだけならば、まだ何もない。

「あっ！」

思わず波乃が、驚きの声をあげるところであった。

「どうした？」

小次郎が、小声で訊いた。

「しーっ」

話しかけるなと、波乃が小次郎の口を止めた。

小次郎は商人の形《なり》で、波乃は黄八丈を着込んだ町屋娘の扮装である。路地から出てきた侍たちが、二人のあとについた。

足音が大きく、急ぎ足であるのが知れる。

波乃が、小次郎を押すようにして道傍《みちばた》に寄った。侍たちを先に行かせる。

十間ばかり離れたところで、波乃の足が速くなった。前を行く侍たちに、足を合わせるためであった。

わけも分からずに、小次郎が波乃についていく。

「何があった、波乃……？」

話しかけるも、波乃の返事がない。前を歩く侍に気づかれてはまずいと、ただ黙って前を向いて歩く。

二之橋まで来ても、竪川の土手沿いをまだ先に行く。

それから二町ほど行ったところで、侍たちは辻を曲がった。

「ここは……？」

小次郎に、気づくことがあった。

逆に竪川の土手を下りれば、高瀬舟が停まっているはずだ。

ここで、初めて波乃が口にする。

「前を行く、侍の一人に見覚えがあるの。小次郎さんは、覚えてない？」

「いや、侍の顔は見えなかったが。あの舟に乗ってた内の一人か？」

「ええ、よく似てたから。もう一人には覚えがないけど、きっとあの中にいた侍ね」

「あのときは浪人風だったが、今はどこかの家臣のようだな」

この日の侍には月代《さかやき》があり、羽織袴の武家侍の格好である。

「殿をたぶらかすために、変装をしてたんでしょ。一人の侍の、鼻の横についた大きな疣《いぼ》を、あたしは忘れてない」

波乃は、あのとき前を横切った舟に乗る、侍たちの顔の特徴を数人だけだが覚えていたのだ。

「どこに、行くのだ？」

本所緑町の、一丁目と二丁目の間の道を北に向けて歩いている。

町屋は途切れ、すぐ武家屋敷町の様相となった。

旗本、御家人が多く住む場所であった。

――どこかの旗本に仕える、侍たちなのだろうか？

辻を二つ隔てても、侍たちが曲がる様子はなかった。

やがて、界隈では一際大きな屋敷が見えてきた。

漆喰《しっくい》で斜交《はすか》いの模様が描かれた海鼠塀《なまこべい》を土台に、長屋が築かれている。大名家の上屋敷を、髣髴《ほうふつ》させる趣であった。

南側に屋敷の御成門《おなりもん》があるが、そっちには向かわずさらに北に歩く。

あたりは閑散としている。

真昼間だというのに、この道で人影があるのは、前を行く侍二人とあとを追う男女二人の四人だけであった。

右側は、二町にわたり屋敷の長屋塀がつづいている。

左側は、武家屋敷が軒を連ねる。塀と塀が共有されていて、路地がひとつもない。

各家の門扉は、どこも固く閉められている。

隠れるところがまったくない、尾けるに気骨《きぼね》の折れる場所であった。

そんなところに町人と町屋娘が紛れ込めば、かえって目立つというものだ。

これは危ないと、小次郎と波乃はさらに間合いを置いた。二十間は取っているであろうか。遠目が利く者でも、顔の判別ができないほどの隔たりを取った。

およそ二町ある、屋敷の塀が途絶えた。

そこには、細い水路が東西に走っている。南割下水《みなみわりげすい》と呼ばれるどぶ川であった。

侍たちは、架かっている小橋を渡ると、急に右に向きを変えた。

屋敷の塀の陰で、侍たちの姿が隠れる。

小次郎と波乃は、足の速度を速めどぶ川に行きつくも、侍たちの姿は消えていた。

もう少し先に行こうと、小次郎と波乃がどぶ川沿いを歩く。

半町も、足を進めたところであった。

突然、もの陰から二人の侍が姿を現した。一人の侍の鼻の脇に、大きな疣がついている。

「拙者らに、何か用か？」

刀の柄《つか》に手を置き、殺気が漲《みなぎ》る。

「波乃、逃げよう」

体を反転させ、二人が駆け出そうとしたところで、さらに三人の侍が前に立ちはだかった。二人の侍と落ち合ったのだろう、仲間であることが知れる。

総勢五人の侍に囲まれ、小次郎と波乃は身動きが取れなくなった。

四

その夜、遅くなっても小次郎と波乃の帰りはなかった。

下屋敷の一部屋で忠介と千九郎、そして吉之助が二人の帰りを案じていた。

「おかしいな、何かあったのか？」

遅くなっても、暮六ツまでには戻れと言ってある。探りの話をもち寄り、次の策を講じなければならないからだ。

「何もつかめなくても、かまわんと言ってあるのですが……」

眉間に皺を寄せ、千九郎が心配そうな顔をして言った。

遠くから、宵《よい》五ツを報せる鐘の音が聞こえてくる。すでに夜の帳《とばり》は下り、人々が寝つくころである。

「今戻らないということは、むしろ何かをつかんだのではないでしょうか」

千九郎が口に出した。

「つかんだのはいいだろうが、戻らないというのは何かあったに違えねえだろ」

忠介の口調が、べらんめえ調に荒くなった。

「いずれにしても、あの竪川あたりで何かあったな」

竪川の、桟橋に停まっていた高瀬舟を忠介は思い浮かべていた。

「あしたは朝から、徹底してあのへんを当たろうじゃねえか」

「かしこまりました」

千九郎と吉之助の頭がそろって下がった。

「それにしても、もう少しあのあたりを探してみればよかったです」

「仕方ねえよ、そいつは……」

忠介は首を横に振り、千九郎の後悔を押しやった。


この日の昼間、とろろごぜんを食したあと、忠介は小田原藩小久保家に一人で赴いた。

警護をさせようにも、千九郎と吉之助ではいてもいなくても同じだ。

忠真との面談の間、二人を待たせるのは無駄である。小次郎と波乃に落ち合えと、忠介は千九郎たちに指示を出した。

高瀬舟が停まっていたあたりを一刻ほど歩いてみたが、小次郎と波乃に落ち合うことはなかった。

すでに下屋敷に引き揚げたと読んで、千九郎たちはその場をあとにした。

「ところで、殿……」

「なんだ？」

「あの界隈で、一際大きな屋敷がありましたが、どちらのお家かご存じですか？」

「たしか、あの近くだと、弘前藩津軽家の上屋敷だ」

千九郎の問いに、忠介が怪訝そうな顔をして答えた。

「それが、どうした？」

「いえ、これといったわけはございません。ただ、後学のために……」

「いや、千九郎。後学のためだけでは、なさそうだぜ」

「いかがなことで……？」

黒石藩津軽家は、弘前藩の分家である。このたびの一連の事件に、この二藩の関わりがあるのではと思い至ったのは、忠介の勘どころであった。

――だが、偶然にしてはできすぎているし、そんな馬鹿なことがあるはずもねえ。

忠介の頭の中で浮かんだのは、一方が金を出し、一方が奪い盗るといった図式であった。

ここは一人で考えていても埒《らち》が明かないと、忠介は推測を千九郎に語った。

「そんなんで、千九郎はどう考える？」

「少しばかり、偶然が過ぎるのではないかと……」

少しばかりというのは、多分にという意味に置き換えられる。

「千九郎も、そう思うか」

「ですが、それもあり得るかもしれません。とにかく、明日吉之助さんと一緒に、あのあたりを徹底して当たります。小次郎と波乃が、気がかりですし……」

「おれも行くぜ」

忠介が、脇息《きょうそく》に体を預けながら言った。二人の安否を気遣う声音であった。

とうとうその夜、日付けが変わっても小次郎と波乃の帰りはなかった。


悶々とした長い夜が過ぎ、朝を迎えた。

暗いうちに起き出すというより、ほとんど寝付けずにいた三人であった。

東の空がぼんやりと明るくなりかけたころ、忠介と千九郎、そして吉之助の三人は下屋敷を抜け出した。

三人の、この日の扮装は、一見目明し風であった。

朝っぱらから荷をもたず、商人がぶらぶらしているのは傍目にもおかしい。といって、遊び人では聞き込みがしづらい。

町でよく見かける、岡っ引きとその手下二人という感じだ。股引を穿いて、小袖を尻っぱしょりすれば、立派にそれらしく見える。

忠介は、それに羽織を纏って、むろん親分の役である。

「——この形《なり》なら、朝っぱらから大手を振って歩けるな」

町人が侍の姿をしてはまずいだろうが、それでなければ人の着姿に規制はない。十手も目明し帖ももたない、似非《えせ》の親分と子分ができ上がった。

業平橋に近い船宿で朝の早い船頭を雇い、この日も川舟に乗って行く。

運よく、この時限は引き潮である。川の流れが速く、竪川の二之橋近くに着いたのは、夜が明けきらないうちであった。

「ずいぶんと、早く来ちまったな」

忠介が苦笑いを浮かべて言った。

「一之橋のほうまで行ってみますか？」

千九郎が問うも、忠介は首を捻った。

「そんなほうまで行ったところで、何かあるかい？」

「そうですねえ。その先は、大川の吐き出し口ですから……」

やり取りを聞いていた船頭が、口を挟んだ。

帰りは急となった川の流れに逆らう。それを思えば、あまり遠くに行きたくないとの思いが、船頭の口調にこもっている。

「いや船頭さん、行ってくれ」

忠介が、腰を浮かせて言った。

「もしかしたらだ、千九郎……」

「川口屋ですか？」

「ああ、そうだ。屋号をつけるときってのは、その土地の様子から取る場合も多いだろうからな。それとなく川口屋がどこにあるか調べさせているが、その前に分かるかもしれねえ」

昨日の夕刻下屋敷に戻った忠介は、とろろごぜん屋を任す俵利二郎を呼んで命じていた。

「――川口屋という両替商がどこにあるか、遅くともあしたの朝までに調べてくれ」

「かしこまりました」

すでに、俵は調べがついているだろう。だとすれば、合致するはずだと忠介は自信をもっていた。

「だったらよろしいのですが」

千九郎が、忠介の勘のよさに唖然とするのは間もなくのことである。


本所相生町に、川口屋は実存した。

看板には、両替商と記してあるから間違いない。

明六ツを報せる鐘は、まだ鳴ってない。むろん、大戸は閉まっている。

建屋の規模としては、三高屋と同じほどか。だが敷地は広く、三百坪はゆうにありそうだ。

路地に入り、塀沿いを一周するも変わったところは見受けられない。やはり、裏には母家に入る門があった。数寄屋造りのような、瀟洒な趣ではない。簡素な、引き戸である。

閂《かんぬき》がかかっているか、外からは開かない。

「明け六ツになれば、誰か起きるだろう」

家人を叩き起そうと思ったものの、それをやるにはためらいがあった。本当の目明しではないという、引け目があったからだ。

やがて、大川の対岸が見渡せるほどの明るさとなった。

このあたりで聞こえるのは、大横川の入江町と浅草寺で撞いた、二個所の鐘の音である。

わずかばかり鐘撞きにズレがあり、鐘の音が十二回にわたって聞こえてきた。

それから四半刻ほど経っても、川口屋に動きはなかった。

「誰も出てこないとは、おかしいな」

大戸は開けないとしても、小僧か誰かが店の前を掃き清めるものだ。

川口屋も、主が亡くなっているのだ。

「三高屋と同じく、潰れたんじゃあるまいか」

忠介が呟く。そう考えれば、大戸が開かなくても不思議ではない。

「ですが、主がいなくなってからまだ数日です。そうそう早く、店を閉めるものでしようか?」

「千九郎の言うことには、一理あるな」

もう少し、待ってみようということになった。

路地裏で、三人がたむろしていても仕方ない。何か手がかりがないかと、それぞれが川口屋の周りを探ることにした。

表通りから真反対のところに、人が屈んで通れるほどの切戸があった。勝手口であろうか。

「……ここも開かなかったな」

吉之助がその前に差しかかり、呟いた。

つい先ほども、押したり引いたりしたが開かなかった切戸である。試すこともなかろうと、通り過ぎ三、四歩進んだところで立ち止まった。

「あれ？」

引き返し、再び切り戸の前に立つ。切戸の上部に、小さな突起があるのに吉之助は気づいた。目を凝らさなければまったく分からない突起である。それを目敏く見つけたのは、吉之助の真価であった。

切戸には、家人以外には知らぬ外から開け閉めができる細工が施されてあったのだ。

五

裏の切戸から中へと入った三人は、母家の戸口へと回った。

「どうも、様子がおかしいな」

雨戸は閉ざされ、人のいる気配がまったくない。

玄関の遣戸がわずかに開いている。建屋の中には、容易に入ることができた。

「これは！」

遣戸を全開した瞬間、異様な光景を目にして忠介は驚愕の声を発した。

千九郎と吉之助は、その惨状に目を覆う。

奉公人らしき男が二人、夥《おびただ》しい血を流して倒れている。形《なり》からして二人とも手代らしい。二十代も半ばの、まだ若い男たちであった。

同年代の屍《しかばね》を前にして、千九郎は胸が詰まる思いで手を合わせている。手代たちが信仰する宗旨が分からぬも、南無阿弥陀仏《なむあみだぶつ》と念仏を唱えた。

吉之助は、屍に背を向け、顔を下に向けている。

「おい、武士だったら目を背《そむ》けるんじゃねえ」

「はっ」

吉之助が、渋々顔を向けた。

「一刀のもとだぜ……」

刀疵が一人は背中、もう一人は胸から腹にかけての袈裟懸けで、それが致命傷であった。

「下手人は、侍か……」

あたりに散った血はどす黒く変色をしている。

「まる一夜、この状態だったようだな」

前夜の犯行と、忠介は取った。

「中に入るぞ。土足でかまわねえ」

上がり框にも、血糊《ちのり》がべったりとついている。素足ではとても歩けない情況であった。

忠介が、すたすたと家の奥へ入っていく。遅れまいと、千九郎と吉之助があとについた。

奥の部屋から、虫の息ほどともとれる小さな呻き声が聞こえてきた。

「この部屋だ」

襖を開けると、戸口先にも劣らぬほどの惨状だ。

この部屋には、二人の男女が倒れている。

女は四十歳前後か、着るものの姿からして内儀に見える。気の毒に、すでに絶命していた。

声が漏れていたのは、男からであった。

深手ではあったが、即死ではない。

小さな蠢《うごめ》きがあった。

「しっかりしろ！」

体を動かすことはできない。忠介は、男の顔面に顔を近づけ大声で励ました。

掠《かす》れた声が漏れ、一言発して男の息はこと切れた。

「えっ？」

その一言が耳に入り、忠介は言葉を失った。

「殿、こんなものが……」

吉之助が手にしているのは、五千石船の図面であった。

「どこにあった？」

「隣の部屋です。それが一枚二枚ではなく、少なくとも十枚ほどありました」

騙りは、この川口屋が拠点となっていたことが判明した。しかし、忠介の頭の中は
蜘蛛《くも》の巣が張り巡らされたように、こんがらがっていた。

惨状に嫌気がさしたか、いつの間にか千九郎の姿がない。

「千九郎はどこに行った？　逃げやがったか、見損なったぜ」

だらしがねえと、忠介は遊び人口調で詰《なじ》った。

やがて、廊下に足音がすると、千九郎が戻ってきた。顔に赤みがさし、興奮しているようである。

「おう、どこに行ってた?」

「これを探しに、店に行ってました」

千九郎が手にしているのは、貸付けの台帳であった。

「こちらを見てください」

綴じられた台帳の、中ほどを開き千九郎が差し出した。

「黒石藩津軽家　貸付残高六千両也　貸付期限　文政拾参年九月十日って、書かれてあるな」

「それと、もう一つ……」

千九郎が、三枚ほど先の丁をめくった。そこを忠介が、再び声を出して読む。

「弘前藩津軽家　貸付残高一万五千両也　貸付期限　文政拾三年八月晦日か……」

忠介の声に、明らかに震えが帯びている。

「二藩とも、とうに期限が過ぎてますね。返してもらったのでしょうか?」

「いや、おそらく返してもらってねえだろ。それが、今度の一連の事件と関わるんじゃねえかな。千九郎、この男が最期に発した言葉はな……」

となると、千九郎も、驚愕を隠しきれず唖然となった。この人が、ここの主かもしれんな。

「ただ、それだけを言ってこと切れた。

「なんですって！」

「津軽家って言ってた」

「なんと……？」

富三郎は雇用人ていうことになる」

「主の名は、利三郎《りさぶろう》というのでは……」

「なぜに分かる？」

千九郎は、台帳に挟んだ一枚の書き付けを開いた。それは貸付け証文であり、借り手の名の横に『川口屋利三郎』と、貸し手の名が書かれ捺印されている。

「主は富三郎ではなかったのだな」

「富三郎は、番頭のようでした。奉公人はほかに手代が二人と……」

千九郎が語るその最中――。

「きゃー」

戸口のほうから、耳をつんざくほどの女の悲鳴が聞こえてきた。

三人して向かうと、三和土《たたき》に十八くらいの若い娘がへたり込んでいる。

通《かよ》いで家の中の手伝いをする、近所の娘であった。

しばらくして、娘が気を取り戻す。

病弱の内儀の、家事の手助けで頼まれて通っていたという。震えを帯びるも、問いに答えることはできるようになった。

身形が目明し風なのが、効を奏した。娘は、疑うことなく問いに答えてくれた。

戸口先で殺されていたのは、手代二人。部屋では、主の利三郎とその内儀であった。ほかに奉公人は、番頭の富三郎。面相を訊くと、忠介のよく知る男と合致する。先日来より、行方知れずで気をもんでいたという。

主と奉公人たちの四人で店の切り盛りをし、夫婦に子供はいない。手代二人は住み込みで、富三郎は通いであった。その住まいまでは、娘は知らない。

「このごろ、この店で変わったことがなかったかい？」

忠介の問いに、娘が首を傾げて考える。

「そういえば、近ごろお侍さんらしき人たちが頻繁に出入りしてました。昨日もお昼ごろ、お二人して……」

昼ごろといえば、小次郎と波乃が二之橋付近をあたっていたころだ。一之橋のあたりまで来たとて、不思議でもない。

関わりがあるかと、忠介の気が巡った。

「そのお侍さんてのは、どこの家中の人たちか分からねえかい？」

「さあ、あまりお仕事のことは。普段から、お店のほうには来るなと言われておりますし、何があったのかまったく分かりません」

「そうかい。ならば、仕方ねえな」

あまりつっ込んで訊いても、娘が動転するだけだ。

「ちょっと、待ってください。そうだ、あのお侍さんたち津軽の訛《なま》りが……」

忠介が、別の問いかけをしようと思ったところで、娘が口をついた。

「えっ？」

忠介の、驚く顔が娘に向いた。

「どうして、津軽の訛りと分かった？」

「二之橋の近くに、弘前藩の上屋敷があるのをご存じですか？」

「ああ」

「そちらのご家中の方が国元から来ると、よくあたしの家でお酒を呑んでいきますから」

娘の実家は、ここから二町ほど先の相生町二丁目で居酒屋を営んでいるという。娘も、ここの手伝いを夕方までに済ませ店に出るという。津軽弁は、よく耳にする言葉であった。

川口屋で、娘と会えたことは収穫であった。

忠介の頭の中で、黒石藩と弘前藩の津軽家が渦を巻いた。一連の事件で、この二藩が大きく結びつく。

「しかし……」

どこでどう結びつくのか、絡んだ糸のようにまったく闇の中である。

だが、忠介はめげない。

「そんなのは、これから調べりゃいいことだ」

娘から聞き出すことはもうないだろうと、忠介は腰を上げた。

忠介たちは遺体をそのままにして、そっと川口屋から抜け出した。

裏の切戸の、隠し閂《かんぬき》をしっかりと閉め、何ごともなかったように通りへと出た。

娘も一緒である。

「なあ、娘さん」

忠介が娘に話しかけた。

「おれたちが現場《ここ》にいたということは、内緒にしていてくれねえか？」

「どうしてです？」

「この事件は、侍たちの犯行だ。実は、おれたちは目明しでもなんでもない。この事件を幕府から頼まれ探っている者で、その下手人を追っている。心当たりがあるのでな、それを町方には邪魔されたくねえんだ」

「とすると、隠密同心さんたち？」

「まあ、そんなもんだ」

まったく違うけど、忠介の素性が漏れるのもまずいと、娘に同調した。

「だが、あの遺体をあのままにはしておけない。娘さん、すまないが番屋に届けてくれないか。そうすれば奉行所で、ねんごろに葬ってくれるだろう」

「分かりました。あたしが最初の発見者になります」

もの分かりのよい娘に、忠介はほっと胸を撫で下ろす。

「ですが、一つだけお願いが……」

「なんだい？」

「必ず下手人を捕まえてください」

「そんなことは、頼まれなくたって分かってる。必ずとっ捕まえてやるから案ずるな」

お願いしますと言って、娘は反対方向にある番屋へと駆けていく。

これだけの人が殺されて、大黒柱を失った家族もいる。多くの不幸を見れば、忠介としても覚悟をせざるをえない。

「おれは、黒石藩の上屋敷に行ってくる。三之橋の近くと聞いてるのでな。千九郎と吉之助は、小次郎たちの居どころを探れ」

黒石藩主津軽順徳にこれまでの経緯《いきさつ》すべてを打ち明け、関わりを訊き出そうと決めた。

ことは急ぐ。忠介は、自分の身形に頓着なく言った。

正午《ひる》ごろに、二之橋の袂で落ち合おうとその場で別れた。

お天道様の高さからして、朝五ツ半ごろであろうか。正午までには、一刻半ほどあった。

六

昼九ツ、正午を報せる鐘の音が、遠く聞こえてくる。

一昼夜、小次郎と波乃はとある屋敷の暗い部屋の中に監禁されていた。手足を縛られ、猿轡《さるぐつわ》を嵌《は》められていては身動きが取れない。その間、厠《かわや》だけは見張りが二人ついて手足の縄を解いてくれた。

我慢しろと、食事は与えられていない。二人にとって、つらく苦しいときが丸一日過ぎた。

「こちらでございますだ、留守居役様……」

「たわけ者が。役名を出す馬鹿がいるか。それと、ここでお国言葉は出すのではない」

「はっ、申しわけございませんです」

声が聞こえたと同時に、襖が開いた。真っ暗な部屋の中に閉じ込められていたせいか、少しの明かりでも眩しく感じる。

相手の顔が、黒陰となって見ることができない。

やがて、百目蠟燭《ひゃくめろうそく》の明かりがもたらされ、留守居役といわれた男の面相が露《あらわ》になった。

四十歳前後の、眉間に皺が一本寄るところは、人相学からしてもあまり温厚な性格ではなさそうだ。白目が勝る三白眼《さんぱくがん》がやたらギラギラと光り、狂気を帯びた目に冷徹さが宿る。

一口で言うと、どこから見ても悪党面《づら》であった。

獣が獲物を前にしたような、薄笑いを浮かべる表情に、小次郎と波乃の背筋がゾッと凍てついた。

留守居役といわれる男のうしろに、五人の侍が控えている。昨日、小次郎と波乃を捕らえた男たちであった。

「おぬしらは、何者だ？」

留守居役が、いきなり問うた。

「…………」

問われて、すぐに答える二人ではない。

「どうやら、何も言いたくないらしいな。絶対に口を割らぬと、そんな目で見ておるわ。そんな強情者に問うてみたとて、何もしゃべりはせんだろう。だったらここに置いといても仕方ない。今夜にでも、二人を竪川にでも放り込んでおけ」

家臣たちに命ずると、留守居役の体が反転した。しかし、部屋から出ていくこともなく、そこに立ち止まっている。

二人のどちらかが、命乞いをしてくるだろうとの読みなのだろうか。

——川の中に放り込むと言ったくらいで、挫《くじ》けるものか。

小次郎と波乃の思いは同じであった。

「脅しには、屈しないというのか」

言いながら、留守居役が振り向いた。

「ならば、脅しでないということを、教えてやらんといかんな。この者たちを、庭に引っ立てい」

足の縄を解かれ、小次郎と波乃は庭を見渡せる榑縁《くれえん》へと連れていかれた。

「あの者を連れてまいれ」

「はっ……」

やがて、二人の手により抱えられ、全身傷だらけの男が庭へと連れてこられた。

瞼《まぶた》と口元が、紫色に腫れあがっている。着ているものはぼろぼろに裂かれ、自らの血でどす黒く生地が染まっている。相当な折檻を受けたものと見える。その痛ましさに、波乃が目を逸《そ》らすほどであった。

「留守居役様、悪事はほどほどに……」

蚊の鳴くような声が、男の口から漏れた。通常の人の耳では聞こえないほどの小さな声でも、波乃の研ぎ澄まされた耳は拾える。

「何か言ったか？」

「いえ、何も言っておらぬようです」

留守居役が問うも、取り巻きはみな首を振った。

「強情な奴め。この者は、こんな役にしか立たん」

言って留守居役は庭に下りると、白柄の刀に手をやるといきなり大刀を抜いた。

地べたに土下座する男に向けて、一閃を放った。

肩から腹にかけ、斜交《はすか》いに体が裂けた。夥《おびただ》しい血が噴き出し、榑縁にまで飛沫《しぶき》がかかる。

ドサッと音を立て、男の体は前のめりに倒れた。

たった一振りの刀で、男の一生は終わりを告げた。

留守居役が穿《は》いている、金糸銀糸の織り交ざった袴の裾が、血飛沫で染まっている。

そんなことには頓着なく、配下に命じる。

「始末しておけ」

言い残すと留守居役は、何ごともなかったように平然と奥へと引っ込んでいった。

「何も話さないと、ああなるぞ」

鼻の脇に大きな疣《いぼ》をこしらえた侍が、小次郎に近づき言った。

「かまわないから、好きなようにしてくれ」

「よし、今度はおまえたちだな」

二人の始末は今夜だと、元の部屋へと連れていかれた。足首を縛られ、再び動きが取れなくなった。だが、猿轡は外されたままである。

真っ暗な部屋の中には見張りはいない。襖の向こう側に、二人がいるだけだ。

「小次郎さん……」

波乃が小声で、小次郎を近づけさせた。

「今殺された人、こんなことを言ってた。『留守居役様、悪事はほどほどに……』とかなんとか……」

「なんだって？　おれには聞こえなかったな」

「あたしには、はっきりと」

「波乃の耳は大したものだ。それにしても、殺された男は同じ家中の家臣らしいな。重鎮ともあろう者が、配下に対して酷いことをするもんだ」

「あの留守居役、どうかしてるみたい」

「ああ、人間らしさがまったくねえ。ありゃ、獣よりも……」

劣ると言おうとして、小次郎は言葉を止めた。数人の足音が、部屋に向かって聞こえてきたからだ。

「この二人を、庭に連れていく」

見張りに向けての声がする。

「すると……？」

「ああ、ご命令だ。ここで始末をすれば、片づける手間が省けるとな」

吐き出すような家臣の声音に、小次郎と波乃は体を寄せ合った。その体が、二人とも小刻みに震えている。

生まれて、二十年とわずか。

庭の地べたに土下座をさせられ、小次郎と波乃は死を覚悟した。

「もう一度機会を与える。なぜにわしらを探っていた？」

留守居役は、まだ抜刀はしていない。だが、先ほどの侍を斬りつけた太刀筋は、いきなり斬りつける居合いである。

手が白柄に置かれている。

いつ、刀が抜かれるか分からない。そこに二人は言い知れぬ恐怖を感じた。

「…………」

それでも、二人の口は開かない。

「仕方ないの。成仏せい」

カチッと、鯉口《こいぐち》が切られる音がした。居合いならば、目にも止まらぬ速さで刀が抜かれ、一閃が振られる。

「ちょっと、待ってくれ」

小次郎が声を発し、抜刀を既《すん》で止めた。

「ほう、やはり命が欲しいか」

「そうじゃねえ。殺《や》るなら、このおれから斬ってくれ。この娘には、ちょっとでも長生きをさせてえからな」

「馬鹿なことを申すな。どっちが後先《あとさき》だろうが、一呼吸するほどの間で変わらん」

「いや。殺すなら、わたしから斬って。小次郎さんが死ぬところを見たくない」

波乃が体をよじって、嘆願をする。

「二人とも、いい覚悟だ。ならば、二人の願いを叶えてやろう。同時に葬ってやろうではないか。定岡《さだおか》、おまえも刀を抜け」

鼻の脇に疣がついた家臣に、留守居役が命じた。

「身共もですか？」

「ああ、そうだ。昨夜はおまえだって、人を斬ったであろう。今さら、何をためらうことがある」

定岡と呼ばれた男が刀を抜いた。

「おまえは女のほうを殺れ。昨夜も女を斬ったからな」

「かしこまりました」

ためらいを見せるも、狂気の重役には逆らえない。

定岡は、居合いではなく刀を抜いて半身《はんみ》に構えた。足を前後に開き、いく分腰を落とす。袈裟懸けに、刀を振り下ろす八双の構えを取った。

「……娘、許せよ」

定岡の呟きが、波乃の耳に入った。

「ふん、誰が許すもんかね。あたしが死んだら、一生呪い苦しめてやる」

波乃の顔が上を向き、定岡を睨みつけた。

まだ少女のあどけなさが残る面相が、阿修羅《あしゅら》のような形相に変わっている。その表情に、定岡が怯《ひる》みを見せた。

臆《おく》したか、天に向いていた切っ先が、地べたに向いた。

「何をしておる。人を殺《あや》めるなんて、どうということはないだろ。早いところ、すますぞ」

「はっ」

定岡は、再び八双の構えを取った。

「よいか、ひの、ふの、みいで一気にいくぞ」

「はっ」

留守居役は柄《つか》を握り、定岡は片足を半歩前へと繰り出す。

わずか三つ数えられたら、小次郎と波乃の生涯がはかなく閉じる。

「ひの、ふの……」

小次郎と波乃が、首をすくめる。

みっと、留守居役が声をかけようとした既《すんで》、うしろから飛んできた拳大の石が定岡の背中を直撃した。

ガシャッと音を立て、刀が地べたへと落ちた。

「何をいたしておる？　うっ……」

留守居役の口から出たのは、三つ目の合図ではなかった。呻きを発したのは、留守居役も後頭部に激痛を感じたからだ。

その衝撃で、刀の柄から手を離す。

「弘前藩江戸留守居役の古村《こむら》っていうのは、おめえのことかい？」

背後から声がかかり、古村と呼ばれた留守居役と配下の定岡が振り向いた。

忠介が庭陰から出てきて、仁王立ちしている。

「……殿」

その忠介に、既で一命を取り止めた小次郎と波乃の顔が向いた。

「つらい思いをさせたようだな。だが、もう安心だぞ」

両手を縛られ自由の利かない二人に向け、忠介はうなずきながら声をかけた。

「誰だ、きさまは？」

後頭部を押さえながら、古村が問うた。

このとき忠介の形《なり》は、商人風となっていた。

小袖の尻っぱしょりを下ろし、裏表兼用の羽織を裏返しにすれば岡っ引きから商人へと変化する。

「ここは、我が屋敷。町人の分際で、武家の屋敷に黙って入り込むとは不届き千万」

「おめえこそ、留守居役の分際で、別宅をもってるなんて豪気なもんだな」

「何を小癪《こしゃく》な。無礼者は許してはおけぬ、斬れ、斬り捨てい」

古村の号令で、定岡は地べたに落ちた刀を拾い、取り巻きの四人が刀を抜いた。

忠介は、素手で六人を相手にしようと身構えた。しかし、六人の刃を相手にしても敵《かな》わないのは目にみえている。

千九郎と吉之助が、もの陰から出てきて忠介の背後に立った。しかし、この二人も武芸では役に立ちそうもない。

「下っぴきが二人加わったか。ならば、こやつらを先に始末する」

古村の気は、忠介たちのほうに向いた。

「かかってくるのはかまわねえけど、悪事は全部ばれてるぜ。往生するのは、てめえらのほうだってことを忘れるな」

忠介の啖呵《たんか》が、相手の攻撃のきっかけとなった。

「相手は丸腰だ。何を怯んでおる！」

弱腰となった配下に、古村の怒号が飛んだ。

六人が三人を取り囲み、刀の切っ先を一斉に向けた。

「千九郎に吉之助、何も震えることはねえぞ」

絶体絶命の危機に陥っても、なぜか忠介の顔に笑みがこぼれている。

「まずは、この者たちから始末する。一斉に、かかれ」

五人は刀を上段に構え、忠介たち三人めがけて振り下ろそうと、足を前に繰り出したそのとき、

「古村治太夫《はるだゆう》、そこまでだ」

津軽牡丹《ぼたん》の家紋が入った羽織を纏い、庭に入ってきたのは黒石藩主津軽順徳であった。

七

順徳の出現に、仰天したのは古村であった。

腰が砕けたように地べたにしゃがみ込む。

「黒石の殿が、なぜにこちらへ……?」

土下座をして、古村が問うた。

古村配下の五人は、地べたに額を押しつけ伏している。

「すべては露見しておるぞ、古村」

忠介が黒石藩を訪れ、経緯を順徳に話した。商人の形《なり》に変えた忠介に驚くも、順徳は話をすべて聞いた。

順徳は、悔しながらも忠介の話を受け入れた。家老の和倉を呼びつけ問い質すと、ことの真相があきらかとなった。

「弘前の家臣といえど、親類筋として悪事は捨ててはおけん。信順《のぶゆき》殿に代わり、余が成敗してくれる」

「何を申されますか。これは心外。黒石の殿からそのようなことを言われる筋合いはございませぬ」

「黙れ、古村。ここにいるお方たちが、すべてを調べあげたゆえのことだ。わが津軽家の江戸家老和倉と共謀しての企《たくら》み、いくら藩のことを思うたこととはいえ悪事は許さぬ。数多くの町人を殺し、大枚をせしめる騙りは言語道断である。よって、古村とその配下五人は即座に切腹をいたせ」

「お待ちくだされ、黒石の殿。わが殿を差し置いての処罰、この古村、到底得心がまいりません。それと、そんな町人の言うことを本気になされるのでありますか？」

「ええい、往生際が悪いぞ。この処置は、信順殿も承知のことだ」

「いかに黒石の殿とて、あまりの仰せ。承服できかねまする」

開き直ったか、古村が立ち上がった。

「他所《よそ》の殿が来て切腹を命ずるとは、片腹が痛い。おい、言うことを聞くことはないぞ、みな立ち上がれ」

古村の命令に、五人が立ち上がった。

「相手は町人どもと、黒石の殿の名を騙る不届き者だ。ここは拙者の屋敷、誰も見てはおらん。皆殺しにして、葬り去るぞ」

「はっ」

配下たちの返事に、決意がこもる。

何もしなければ切腹である。古村も含め、六人が抗《あらが》う態度となった。

再び刀を抜くと、横に並ぶ忠介と順徳に対峙した。

順徳と古村の相対の隙をついて、千九郎と吉之助は、小次郎と波乃の縄を解いていた。

「よくもいたぶってくれたな」

「これから、あたしたちが相手になる」

小次郎と波乃が恨み辛みを発すると、殿様たちを守る形で間に割り入った。

「ええい、小癪な。一人残らず、打ちとれい」

古村の号令とともに、定岡が波乃めがけて斬り込んだ。

女だてらにも、忠介と同じ素手で相対をする、『正道拳弛念流』の流儀を会得している波乃の手には得物がない。

「おっと……」

物打を三寸の間でかわすと、定岡の横腹に正拳を突いた。ゲホッと噯気《おくび》のようなものを吐いて、定岡は地面へと跪《ひざまず》いた。そこをすかさず、顔面に、波乃はここぞとばかり右足の甲で蹴りを入れた。

黄八丈の裾がはらりと開き、白くて細い足が膝の上まで露《あらわ》となった。

顔を蹴り上げられた定岡は、刀を離して地べたをのたうつと、やがてうつ伏せに動かなくなった。

定岡の刀を、小次郎が拾い上げた。

小太刀の使い手ではあったが、小次郎は大刀を手に入れた。むろん、大刀もそこそこは使える。

「小次郎、殺すんじゃねえぞ。ひっ捕らえて、奴らの口から白状させるんだからな」

忠介が、小次郎に背中から声をかけた。

「かしこまりました、殿……いや、旦那様」

小次郎は、刀を返すと物打が天に向いた。正眼に刀を置き、棟で相手をする構えを取った。

「仕方あらぬ、余も相手になるか」

順徳も、腰に差した大刀を抜くと一歩繰り出し、小次郎の脇に立った。

忠介も、順徳の並びに立つ。四人が、横並びとなった。

その背後で、千九郎と吉之助が控えるように立っている。

「ここは、任せたほうがいいようだな、千九郎さん」

吉之助が、小声で千九郎に話しかけた。

「そうですね……」

と答えたものの、何かの力とならなくては武士とはいえない。

「そうだ、大原さん、手を貸してください」

怪我の手当てをしてやりますのでと言えば、相手もその様を黙って見ている以外にない。

千九郎は、吉之助の手を借り、倒れている定岡を抱えると庭の隅へと運んだ。

邪魔がなくなると、それがきっかけとなった。

配下の四人が一斉に切り込んできた。

それぞれが、一対一での相対となった。

「余に刀を向けおって」

相手が一人ならば、順徳だって負けることはない。振り下ろしてきた刀を棟で受けて、押し返す。鍔《つば》と鍔の競り合いとなった。

「武士らしくいたせば、そなた一代限り。これ以上盾《たて》をつけば、逆臣となって親族郎党末代まで咎《とが》を受けることになるぞ」

耳元で、順徳が囁《ささや》くように説き伏せる。

相手の押す力が弱まり、やがて抜けた。これ以上敵《かな》わぬと思ったか、相手は地べたにへたり込んだ。

忠介を相手にした侍は、鳩尾を突かれもがき苦しんでいる。

「千九郎、こいつも介抱してやりな」

「かしこまりました」

千九郎と吉之助の手により、庭の隅へとどかされた。

小次郎は、相手の物打をかわすと刀の棟で籠手を打った。めしをくれないと言った、憎い相手である。そんな辛みを抱いて、おまけに一つ腰骨を叩くと、腰が砕けたように地べたへと沈んだ。

波乃が相手を、ぼこぼこに殴っている。

「いい加減にしておけ、波乃」

放っておいたら相手は死んでしまうと、忠介が止めた。

「かわいい面をしていながら、恐ろしい娘だな」

呆れ返ったように、忠介が言った。

「この男、いやらしいったらありゃしない。縛られてるあたしを、動けないのをいいことにあちこち……ああ、気持ち悪い」

そんな恨みもあって、波乃は怒りを爆発させたのだ。

古村の取り巻きたちはこれですべて片づいた。

残るは、古村一人となる。

「小次郎と波乃は、下がっていな」

忠介と順徳が、古村と対峙した。

「信順殿の放蕩ぶりは、余にも分かっている」

順徳が、古村に向けて説く。

「藩の財政が苦しくなっているのも知っている。あちこちの両替商に、数万両単位の借り入れがあることもな」

古村は、刀の柄に手を置きながら、順徳の語りを聞いている。

「だからといって人を殺したり、騙りでもって他人《ひと》さまから大金をせしめようなどとは言語道断。そのことを今しがた信順殿に話したら、驚いておった。すると、なんとかしてくれと事後を余に托された」

弘前十代目藩主津軽出羽守《でわのかみ》信順は、暗君の器であった。まだ、三十歳前後と若い君主である。寛政《かんせい》十二年三月の生まれというから、順徳と同じ齢である。

その暗愚さは『夜鷹《よたか》殿様』とまで、世間から言わしめられるほどであった。夜は酒と女でうつつを抜かし、財政を逼迫《ひっぱく》させるほどに放蕩三昧《ほうとうざんまい》の限りを尽くしていた。

その信順が、分家である津軽順徳に嘆願したという。

「本来ならば、家臣のしでかしたことは主君の責である。だが、分家としては本家を潰すわけにはいかない。余のところの和倉と古村たちの、主家《おぬし》を思っての企みだろうが、それはいいわけにしか過ぎん」

このあたりでは、古村は手を柄から離している。斬りかかるような、殺気は消えていた。

「和倉が白状をしたぞ」

「えっ？」

「古村に、裏切られたとな。すでに他所《よそ》から二万両を奪い取り、さらに一万両を奪い去ったというではないか。いかにして取り返そうかと、和倉が悶々としておったぞ。だがな、和倉に本当のことを話したら仰天しておった。あの一万両のうちの、二千五百両は当家の財であったのだからな。余もすっかり騙されたということだ。まさか、津軽家の家臣が企てていた騙りに、余自身が知らずにひっかかっていたとはな。世の中、分からなくなったぞ」

「そこまで……」

絶句して、古村は地べたへと座り込んだ。土下座する古村の頭上に、さらに順徳が語りかける。

「二千五百両は、ある藩からの血財。余が話をもちかけた以上は、どうしても返さなくてはならないものだ。そして、五千両はこのお方のもの」

言われて古村は、見上げるように忠介の顔を見やった。

「うちにとっても、その五千両はなくてはならないもの。命を賭してまで奪還しようと、探っていたというわけだ」

忠介は、身分を隠して言った。

「このお方は、鳥山藩のご主君でな……」

しかし、身分は順徳の口から明らかにされた。

「なんですと？　それでは、とろろごぜん屋の主というのも……」

「そいつも、おれのことだ」

そこまで知られていては、隠す必要はない。

忠介は一方で騙され、一方では騙す役回りとなっていたことを告げた。

八

忠介が、古村に問う。

「福松屋……いや、川口屋の番頭富三郎が語っていた黒幕の幕閣ってのは……」

忠介の言葉を遮り、古村はまだ抗うか不敵な笑いを発した。

「拙者らを死なすことはできませんぞ。うしろにあのお方がついている限りはな」

古村がうそぶく。

「あの方とは、いったい誰のことだ？」

知っていながらも、忠介は問う。

「それは、口が裂けても言えない」

「ほう、悪党なくせをして忠義なものだ。言えないなら言ってやろうか。老中は小田原の小久保忠真じゃねえのか？」

「どうして、それを……」

「馬鹿やろう。言うに事欠いて、おれの親類筋を出汁《だし》に使いやがったな」

古村の、驚愕の表情であった。さらに忠介は畳みかける。

「老中を巻き込みゃ大儲けができると思ったのだろうが、どっこいだったな」

忠介の言葉は、終始べらんめえ調となった。

「おれの苗字も小久保だからな。そうさ、老中とは親戚筋だ」

「えっ？」

さらに古村が驚く。

「弘前の殿様が、すべてを話してくれたぜ。そしたら、いい殿様じゃねえか。黒石藩のほうもなんとかしてやれってな。そこで、和倉という家老を巻き込んだ。だが、金を運ぶうちに気が変わったのだろう。黒石藩に届くはずの一万両は、てめえのものにしようってな。川賊なんてのに奪われたって和倉が言ってたけど、そうじゃねえ。黒石藩の五人の護衛を、一人頭二十両で誑《たら》しこんでの狂言だったっていうじゃねえか。黒石の家臣が言ってたぜ。禄が少ねえんで、魔がさしたとな」

どんな形であろうが、忠介は怒ると言葉がべらんめえ調になる。さらに、言葉をつづける。

「どうせ、愚鈍な殿様をそそのかして、描いた騙りだろうが、生憎《あいにく》だったな。そんなつまらねえ話に乗るどころか、尻尾を捕まえられちまったからな」

忠介の言うことは、この一刻半の間で耳にしたことだ。川口屋を出たあと、忠介は黒石藩の上屋敷に赴き、津軽順徳にすべてを打ち明けた。そして、共に弘前藩津軽信順のもとを訪れたのであった。

話は、川口屋のことにおよぶ。

「昨夜、川口屋を襲ったのは、てめえらだってのは分かってる」

「知らんぞ、そんなこと」

古村がうそぶく。

「嘘をつくな。銀座町の三高屋までを落とし込み、主を自害にまで追い込んだのは明白だ。さしずめ、弘前藩の取り分二万両は、騙して三高屋からせしめたもの。川口屋の皆殺しは、口封じと借金踏み倒しでやったに違えねえだろ」

「何を証《あかし》に……？」

「白《しら》を切るのも、てえげえにしやがれ！」

忠介の怒号が、邸内に響き渡った。

「殿……」

千九郎が、忠介の背中に声をかけた。

「なんだ、千九郎？」

「定岡という男が、みな白状しました」

千九郎は、定岡を庭の隅に連れていき、ことの仔細を聞き出していた。武術に劣る分、自分にできることをしていたのだ。

「今、殿がおっしゃっていたことに、ほぼ間違いがないようです」

「やっぱりそうだったか」

忠介は、大きくうなずくと顔を古村に向けた。

「これでもまだ白を切るってのかい？」

「…………」

忠介の問いたてに、古村は下を向き、口を利くことすらできずにいる。

「うぅー」

唇を嚙みしめ、苦悶の呻《うめ》き声が聞こえてくる。

古村が発する次の言葉を、忠介と順徳は待った。肩が小刻みに震えているのが分かる。

すると古村が、言葉を発する代わりに脇差を抜いた。

「おい、何をするい？」

古村が腹を切ろうとしているのは分かる。

忠介は、古村からまだ訊きたいことがあった。それを、自らの口で答えてもらいたいと止めに入ろうとしたのだが、順徳が手を差し出して止めた。

「たってのお願いでござる」

順徳の首が、垂れている。

忠介が訊きたかったことは、弘前藩主の信順がどれほど事件に介入していたかの仔細であった。そんな忠介の気持ちを、順徳が察していた。

そこまでを忠介が知ったら、弘前藩津軽家の存続は危ぶまれる。それだけは闇の中に伏せてくれと、順徳の切羽詰った嘆願であった。

忠介は、小さくうなずいた。

騙りに乗って、黒石藩を巻き込んだ罪滅ぼしをしなくてはならない。老中忠真への上申は、藩主はあずかり知らぬことと、事実を一分曲げて語ることにした。

「かたじけない」

順徳が大きく頭を下げた。

そのとき古村の呻き声が聞こえた。そして、体が前のめりに倒れる。

忠介と順徳は、黙ってその様を見やった。


すべては、弘前藩江戸留守居役である古村治太夫が企てた騙りであった。そこに、黒石藩江戸家老和倉十四郎が乗ったのであった。

藩の財政を立て直そうとしての策謀であったが、やり方が間違っていた。金だけを騙し取るつもりであったが、死者が出た。

うまく三万両をせしめたものの、和倉と古村が恐れたのはことの露見であった。探りの手が伸びているのを知った古村は、殺害という手で口封じをした。

川口屋の皆殺しも、借金帳消しの一石二鳥を狙っての犯行であった。

このとき川口屋の経営は、火の車であった。返済期限が過ぎ、やんやの催促で弁済を迫った。しかし、相手は大名家である。のらりくらりかわされるのが落ちであった。

「――返すお金がないのでしたら、頭を使ってくださいませ」

川口屋の番頭富三郎に詰《なじ》られ、思いついたのが五千石船の騙りであった。

商人が絡んでいなくては成り立たない策である。借財を返す条件で、富三郎を巻き込んだ。仕方がないと、富三郎は片棒を担いだ。

羽振りのよさそうな大店の主に声をかけ、話をもちかける。喉から手が出るほど大金が欲しい忠介にとっては、願ってもない話であった。

居酒屋の前で、弘前藩の家臣に襲わせたのは狂言であった。そんな手をいくたびか使い、ようやく釣れたのが運悪くといってよいか、鳥山屋の忠介であった。

川口屋とは反対に、繁盛を極めていたのが三高屋であった。

三高屋三津左衛門の、限りない欲得に目をつけ、そこには二万両の出資で十万両の見返りを提示していた。

川口屋のやり手番頭と評判高い富三郎の話に、同業の三津左衛門は飛びついた。しかし、その話が騙りと知るや富三郎を問い詰めたのであろう。

大横川に水死体となったのは、弘前藩家臣定岡たちの犯行であった。良心の呵責に苛まれてか、定岡が白状した。

一万両を運んだ同じ高瀬舟に、この月の初めごろ、三津左衛門も乗せていたのである。露見を逃れるため、三津左衛門を拉致し暗い三日月のもと、大横川に突き落とした。自害と見せかけるため、あえて財布は抜き取らないでおいた。

三高屋からせしめた二万両は、弘前藩の分である。黒石藩の一万両は、とろろごぜんの鳥山屋が乗った。

警護役と見せかけた浪人たちは半分は弘前、半分は黒石の家臣たちであった。

富三郎を殺害し、先に奪《と》った二万両では足りず、一万両すらも手に入れた。その手口は、先に忠介の口が明かした。

小次郎と波乃の目の前で斬り殺された侍は、弘前藩の家臣であった。

この家臣だけ、古村の阿漕《あこぎ》を咎めようとしたが捕らえられ、監禁された末に斬り殺された。

いつか、口を封じなくてはならない者と、斬殺の機会をうかがっていたのである。その家臣は、見せしめとして命を絶ったのである。

その話を忠介が聞いたときは、憤りで震えが止まらぬほどであった。

策謀に加担した両藩の家臣たちは、すでにこの世にはいない。

みな、切腹をもって自らの罪をつぐなった。

「当家は江戸家老を失った」

肩を落として、黒石藩主津軽順徳は言った。ふーっと、深いため息も漏れる。

「お家のためを思って……」

おざなりの慰めを言うも、忠介は途中で言葉を止めた。騙りに自分も加担した、複雑な気持ちであったからだ。

騙し取った三万両は、ほとんど手つかずに、古村の私邸にあった。

一日遅れていたら、弘前藩津軽家に上納されていたところだ。

古村治太夫が死んだ今、誰も知らないことがある。

弘前藩主津軽信順が、古村に命じていた。

「――一万両を黒石に渡すことはない。全部弘前《こっち》のものにいたせ」

古村の横領ではなかった。

むろん、黒石藩主順徳の知るところではない。

一万両は忠介のもとへと戻ってきた。

そのうち、二千五百両ずつを黒石藩と八戸藩に返却する。

儲けは出なかったが、南部信真は何も言わずに返却に応じてくれた。一連のことは隠してある。

二万両を三高屋に戻そうとしたが、すでに空き家となってお久美と娘、そして新吉はどこかに去ったあとであった。

川口屋への借財弁済に回そうとしたが、それも筋が違う。もっとも、川口屋はみな殺されて跡継ぎもおらず、再起不能となっていた。

忠介は、老中忠真に上申する際、二万両のことに触れた。

「その二万両、幕府がいただくことにする。それで、両津軽家を不問とするってことでどうだ？」

そんな取引き条件を老中から突きつけられては、忠介としてはいやとは言えない。

「分かりました」

「助かったぞ」

忠介の答に、忠真の満面に笑みを込めての一言があった。

二万両が、小田原藩小久保家のものになったか、幕府に納められたか忠介にとってはどうでもよかった。

その夜、忠介は浅草の、例の居酒屋で独り酒を呑んでいた。

「今年も土手の改修工事はならなかったか」

湯呑茶碗に注がれた酒を呷《あお》り、忠介が独りごちた。だが、これでめげるかといったらそうではない。頭の中は、すでに切り替わっている。

「……何かいい儲け話はねえものか？」

呟きながら、新しい事業の発案に思いを馳せる。


余談である。

弘前藩主津軽信順の遊び癖は、これに懲りず以後も治まりがなかった。

信順の乱行と失政はその後十年にもおよび、弘前藩の借財は数十万両にも膨れ上がったといわれている。

家臣団の絶望は、幕閣を動かす。

天保《てんぽう》十年、とうとう信順に強制隠居の命《めい》が下された。

弘前藩はその後、順承《ゆきつぐ》と改名した津軽順徳が十一代藩主として統治したことをつけ加えておく。

時代小説
二見時代小説文庫

悲願《ひがん》の大勝負《おおしょうぶ》　殿《との》さま商売人《しょうばいにん》4

著者　沖田《おきだ》 正午《しょうご》
発行所　株式会社 二見書房
東京都千代田区三崎町二―一八―一一
電話　〇三―三五一五―二三一一［営業］
〇三―三五一五―二三一三［編集］
振替　〇〇一七〇―四―二六三九
印刷　株式会社 堀内印刷所
製本　ナショナル製本協同組合

 ISBN978－4－576－15129－8
http://www.futami.co.jp/

べらんめえ大名　殿さま商売人1

沖田正午［著］

父親の跡を継ぎ藩主になった小久保忠介。財政危機を乗り越えようと自らも野良着になって働くが、野分で未曾有の窮地に。元遊び人藩主がとった起死回生の秘策とは？

ぶっとび大名　殿さま商売人2

沖田正午［著］

下野《しもつけ》三万石鳥山藩の台所事情は相変わらず火の車。藩主の小久保忠介は挫けず新しい儲け商売を考える。幕府の横槍にもめげず、彼らが放つ奇想天外な商売とは⁉

運気をつかめ！　殿さま商売人3

沖田正午［著］

暴れ川の護岸費用捻出に胸を痛め、新しい商いを模索する鳥山藩藩主の小久保忠介。元締め商売の風評危機、さらに鳥山藩潰しの卑劣な策略を打ち破れるのか！

陰聞き屋 十兵衛

沖田正午［著］

江戸に出た忍《しのび》四人衆、人の悩みや苦しみを陰で聞いて助けます。亡き藩主の遺恨を晴らすため、亡き藩が採め事相談を始めた十兵衛たちの初仕事はいかに⁉ 新シリーズ

刺客 請け負います　陰聞き屋 十兵衛2

沖田正午［著］

藩主の仇の動きを探るうち、敵の懐に入ることになった陰聞き屋の仲間たち。今度は仇のための刺客や用心棒まで頼まれることに…。十兵衛がとった奇策とは⁉

往生しなはれ　陰聞き屋 十兵衛3

沖田正午［著］

悩み相談を請け負う「陰聞き屋」なる隠れ蓑のもと、仇討ちの機会を狙う十兵衛と三人の仲間たち。今度こそはと敵に仕掛ける奇想天外な作戦とは⁉ ユーモアシリーズ！

秘密にしてたもれ　陰聞き屋 十兵衛4
沖田正午［著］

仇の大名の奥方様からの陰依頼。飛んで火に入るなんとやらで絶好の仇討ちの機会に、気持ちも新たに悲願達成を目論むが。十兵衛たちの仇討ちユーモアシリーズ第4弾！

そいつは困った　陰聞き屋 十兵衛5
沖田正午［著］

押田藩へ小さな葛籠を運ぶ仕事を頼まれた十兵衛。簡単な仕事と高をくくる十兵衛だったが、葛籠を盗まれてしまう。幕府隠密を巻き込んでの大騒動を解決できるか!?

一万石の賭け　将棋士お香 事件帖
沖田正午［著］

水戸成圀は黄門様の曾孫。御侠《おきゃん》で伝法なお香と出会い退屈な隠居生活が大転換！藩主同士の賭け将棋に巻き込まれて…。天才棋士お香は十八歳。水戸の隠居と大暴れ！

娘十八人衆　将棋士お香 事件帖2
沖田正午［著］

御侠なお香につけ文が。一方、指南先の大店の息子の拐かしを知ったお香は、弟子である黄門様の曾孫・梅白に相談するが、今度はお香が拐かされ…。シリーズ第2弾！

幼き真剣師　将棋士お香 事件帖3
沖田正午［著］

天才将棋士お香は町で大人相手に真剣師顔負けの賭け将棋で稼ぐ幼い三兄弟に出会う。その突然の失踪に隠された、とある藩の悪行とは!? 娘将棋士お香の大活躍！

浮世小路 父娘《おやこ》捕物帖　黄泉からの声
高城実枝子［著］

味で評判の小体な料理屋。美人の看板娘お麻と八丁堀同心の手先、治助。似た者どうしの父娘に今日も事件が舞いこんで…。期待の女流新人！大江戸人情ミステリー

二見時代小説文庫

剣客大名 柳生俊平《としひら》 将軍の影目付
麻倉一矢［著］

柳生家第六代藩主となった柳生俊平は、八代将軍吉宗から密かに影目付を命じられ、難題に取り組むことに…。実在の大名の痛快な物語！ 新シリーズ第1弾！

居眠り同心 影御用 源之助 人助け帖
早見俊［著］

凄腕の筆頭同心蔵間源之助はひょんなことで閑職に左遷されてしまった。暇で暇で死にそうな日々にさる大名家の江戸留守居から極秘の影御用が舞い込んだ！ 第1弾！

朝顔の姫 居眠り同心 影御用2
早見俊［著］

元筆頭同心に、御台所様御用人の旗本から息女美玖姫探索の依頼。時を同じくして八丁堀同心の審死が告げられた…左遷された凄腕同心の意地と人情！ 第2弾！

与力の娘 居眠り同心 影御用3
早見俊［著］

吟味方与力の一人娘が役者絵から抜け出たような徒組頭次男坊に懸想した。与力の跡を継ぐ婿候補の身上を探れ！「居眠り番」蔵間源之助に極秘の影御用が…！

犬侍の嫁 居眠り同心 影御用4
早見俊［著］

弘前藩御馬廻り三百石まで出世し、かつて道場で竜虎と謳われた剣友が妻を離縁して江戸へ出奔。同じ頃、弘前藩御納戸頭の斬殺体が柳森稲荷で発見された！

草笛が啼《な》く 居眠り同心 影御用5
早見俊［著］

両替商と老中の裏を探れ！ 北町奉行直々の密命に居眠り同心の目が覚めた！ 同じ頃、見習い同心の源太郎が行き倒れの少年を連れてきて…。大人気シリーズ第5弾！

二見時代小説文庫

嵐の予兆 居眠り同心 影御用12

早見俊［著］

居眠り同心の息子源太郎は大盗賊「極楽坊主の妙蓮」を護送する大任で雪の箱根へ。父源之助の許には妙蓮絡みの奇妙な影御用が舞い込んだ。同心父子に迫る危機！

七福神斬り 居眠り同心 影御用13

早見俊［著］

元普請奉行が殺害され亡骸には奇妙な細工！ 向島七福神巡りの名所で連続する不思議な殺人事件。父源之助と新任同心の息子源太郎よる「親子御用」が始まった。

名門斬り 居眠り同心 影御用14

早見俊［著］

身を持ち崩した名門旗本の御曹司を連れ戻すという単純な依頼には、一筋縄ではいかぬ深い陰謀が秘められていた。事態は思わぬ展開へ！ 同心父子にも危険が迫る！

闇の狐狩り 居眠り同心 影御用15

早見俊［著］

碁を打った帰り道、四人の黒覆面の侍たちに斬りかかられた源之助。翌朝、なんと四人のうちのひとりが、寺社奉行の用人と称して秘密の御用を依頼してきた。

悪手《あくしゅ》斬り 居眠り同心 影御用16

早見俊［著］

例繰方《れいくりかた》与力の影御用、配下の同心が溺死した件を内密に調査してほしいという。一方、伝馬町の牢の盗賊が本物か調べるべく、岡っ引京次は捨て身の潜入を試みる。

無法許さじ 居眠り同心 影御用17

早見俊［著］

火盗改の頭から内密の探索を依頼された源之助。火盗改密偵三人の謎の死の真相を探ってほしいというのである。〝往生堀〟という無法地帯が浮かんできたが…。

二見時代小説文庫

朱鞘《あかさや》の大刀　見倒屋鬼助《みたおしやきすけ》 事件控1

喜安幸夫［著］

浅野内匠頭の事件で職を失った喜助は、夜逃げの家へ駆けつけて家財を二束三文で買い叩く「見倒屋」の仕事を手伝うことになる。喜助あらため鬼助の痛快シリーズ第1弾

隠れ岡っ引　見倒屋鬼助 事件控2

喜安幸夫［著］

鬼助は浅野家家臣・堀部安兵衛から剣術の手ほどきを受けた遣《つか》い手の中間《ちゅうげん》でもあった。「隠れ岡っ引」となった鬼助は、生かしておけぬ連中の成敗に力を貸すことに…。

濡れ衣晴らし　見倒屋鬼助 事件控3

喜安幸夫［著］

老舗料亭の庖丁人と仲居が店の金百両を持って駆落ち。探索を命じられた鬼助は、それが単純な駆落ちではないことを知る。彼らを嵌めた悪い奴らがいる…鬼助の木刀が唸る！

百日髷《まげ》の剣客　見倒屋鬼助 事件控4

喜安幸夫［著］

喧嘩を見事にさばいて見せた百日髷の謎の浪人者。その正体は、天下の剣客堀部安兵衛という噂が。奇縁によって鬼助はその浪人と共に悪人退治にのりだすことに！

箱館奉行所始末　異人館の犯罪

森　真沙子［著］

元治元年（一八六四年）、支倉幸四郎は箱館奉行所調役として五稜郭へ赴任した。異国情緒溢れる街は犯罪の巣でもあった！　幕末秘史を駆使して描く新シリーズ第1弾！

小出大和守《こいでやまとのかみ》の秘命　箱館奉行所始末2

森　真沙子［著］

慶応二年一月八日未明。七年の歳月をかけた日本初の洋式城塞五稜郭。その庫が炎上した。一体、誰が？　何の目的で？　調役、支倉幸四郎の密かな探索が始まった！